かつてゲームクリエイターを目指してた俺、
会社を辞めてギャルJKの
社畜になる。
水沢あきと
Akito Mizusawa
[イラスト]トモゼロ
JN121853

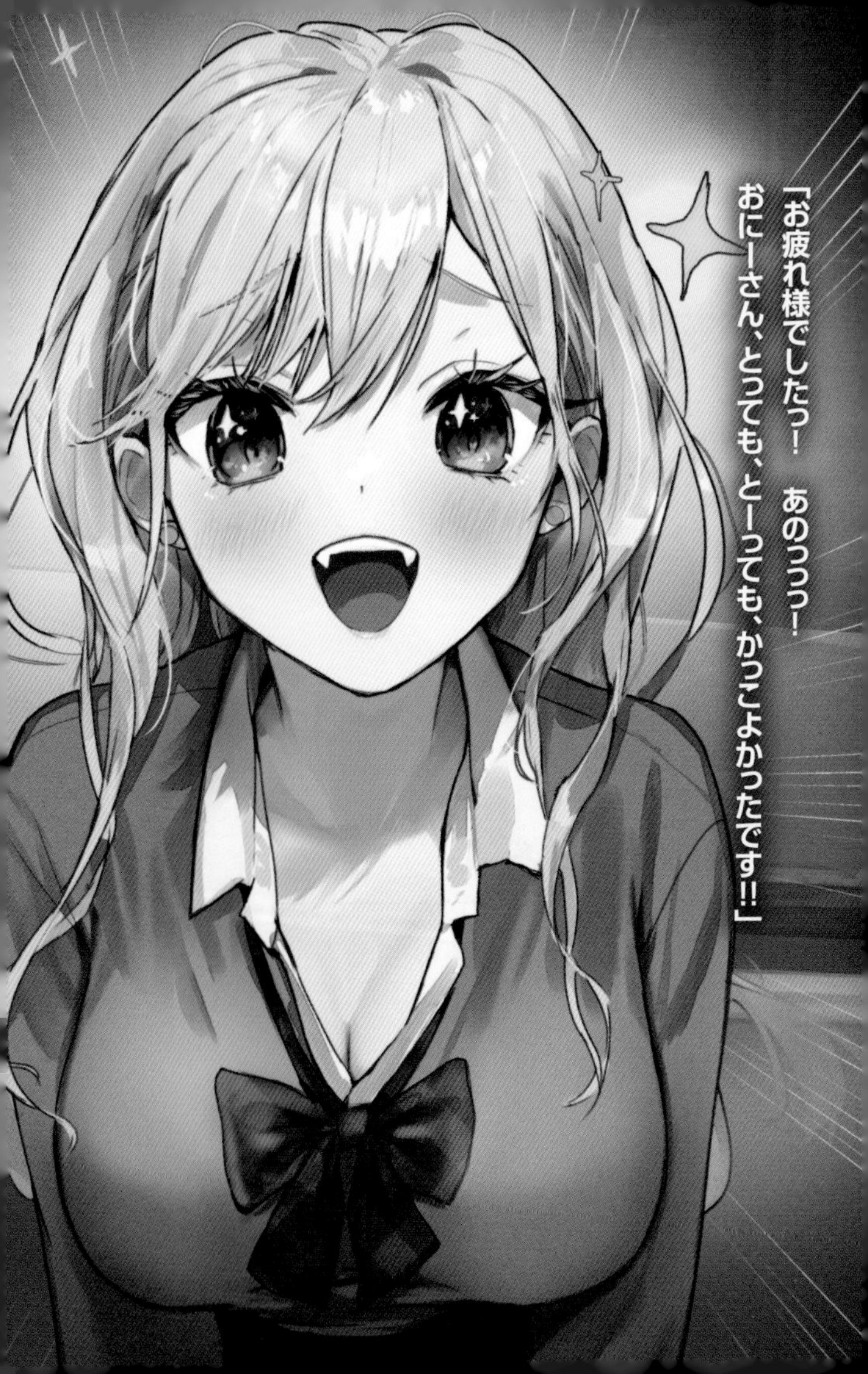

「お疲れ様でしたっ！　あのっっっ！
おにーさん、とっても、とーっても、かっこよかったです!!」

「ええと……、その……、あの……」

「どう？　まだ決まっていないことはあるけど、
だいたい問題はないんじゃないかしら？」

「あのさ……、ここに、
『必須』って書いてある内容なんだけど……、
なにかの間違い、だよね……？」
「うん！　めっちゃあってるよ――！！
やっぱ3D作るなら、
モーキャプじゃなくちゃって――！」

「…………すごい…………
あたしのレイラが、動いてる……凛ちゃん！
本当に、ほんとーに、ありがとうっ!!」

「……影宮先生に喜んでもらって、
凛は、うれしい……」

CHARACTER

クリエイティブユニット

「スカイワークス」

人気イラストレーター・影宮夜宵（光莉）を中心に結成されたゲームクリエイションチーム。まだ法人化前ながら企業と提携して商業作品に取り組むなど注目を集めている。

ディレクター兼エンジニア

天海蒼真（あまみそうま）

かつてゲームクリエイターを目指していたものの挫折したサラリーマン。IT企業に勤めていたところ、光莉に「スカイワークス」に誘われる。

アートディレクター

羽白光莉（はじろひかり）

女子高生ながら人気絵師として活動する少女。とあるゲームに感銘を受け自ら「スカイワークス」を結成する。

シナリオライター

穂村美月（ほむらみづき）

光莉の友人で同級生。小説家として活動しており、ゲームのシナリオ全般を担当している。

3Dモデラー

安土 凛（あづちりん）

ネットで有名な正体不明の凄腕3Dモデラー「安土小次郎」として活動している中学生の少女。

かつてゲームクリエイターを
目指してた俺、
会社を辞めて
ギャルJKの社畜になる。
水沢あきと
Akito Mizusawa
[イラスト]トモゼロ

CAPTER 01

アラサーリーマン、ギャルJKの社畜になる。

1

今日こそは、日付が変わる前に家に帰れるはずだった。

天海蒼真（あまみそうま）が、品川にある大口取引先の本社ビルから出たときには既に二十一時を回っていた。一週間前に発生したシステムトラブルの謝罪が今回の訪問の目的だったが、およそ二時間にわたる先方からのクレームを受け続け、精も根も尽き果ててしまっていた。

二月の肌を刺すような風に吹かれつつ、コートに両手を突っ込んで、品川駅へ入る。コンコースの階段を降りたところで、ちょうど来た新宿方面の山手線（やまのてせん）に乗る。車内は帰宅を急ぐ人で混み合い、座ることは出来ない。

蒼真はつり革に摑まり、ため息をつく。

本当は会社に一旦戻ってやらなければいけない残務もあったが、正直、もう気力は残っていない。蒼真は思い切って、チャット（Slack）の部署のチャンネル宛てにそのまま直帰することを宣言する。

会社のある新宿駅で降りた後も、改札の外に出ることはなく、反対ホームの中央線に乗り換える。家に帰ったらとりあえず発泡酒でも飲みながら、先週リリースされたばかりのゲームでもやろうかな、などと考えていたそのとき、コートのポケットに入れたスマホが震えた。

通知画面に表示されたのは、同僚から自分宛てのメッセージ。

@soma：天海さん、すみません。出前アプリ、エラー吐いています。起動不可。

「…………え？」

心臓が一回、大きく脈打った。

続けざまに「もぐもぐ出前屋さん」というロゴに覆い被さって表示された、スクリーンショットが送られてくる。

『通信エラーが発生しました。時間が経ってから再度お試し下さい』

というメッセージと、十三桁のエラーコード。

自分のスマホに入っているテスト用アカウントで試しても全く同様の症状だ。

蒼真の顔から血の気がひき、喉が一気に干上がった。

「もぐもぐ出前屋さん」は、自社で運用しているフードデリバリーアプリだ。後発とはいえ、ここのところ利用ユーザーが順調に増えていて、現在の加盟店は約一万店、アクティブユーザー数は約七十万人。影響範囲はまだわからないが、最悪の場合、これだけの人数からの出前依頼が全て止まっているということだ。

どうしてこう次々とトラブルが起こるんだろうか。今日、謝罪訪問したクライアントに提供しているのとは別のサービスであるだけ、まだましかもしれないが、心は折れそうになる。これだと、賽の河原で石を積んでいるのと同じだ。

——ログ見られますか?

——保守に依頼中です。

思わず顔をしかめる。本番環境のログなんて、保守に依頼しなくとも、開発チームの端末から簡単に見られるだろうに。

それに、元々、最初からちゃんとしたエンジニアが開発に入っていたら、こんなお粗末な状況にはなっていなかったはずだ。最初に作った奴が、いわゆる「作り逃げ」をして、現在は、皆でその尻拭いというわけだ。

自分が大学時代に作っていた同人ゲームだって、もう少しましな作りをしていたぞ。

そうだ、開発チーフの泉由佳はいないのか? 彼女がいたら即座に対応出来るはずだ。

――泉さんは？　つかまえて、ログを見てもらった方がいいです。

――飛行機の中みたいでつながりません。羽田に着くのは一時間後かと。

蒼真は心の中で頭を抱える。

泉チーフがつかまらないとなると、ここは自分が対応するしかない。

――了解です。僕の方でログを見ます。

電車がゆるゆるとスピードを落とし、駅に停まる。ちょうど、蒼真の自宅の最寄り駅だった。急いでホームに降り、改札の外へ。

それから、道路を渡り、商業ビルの階段を駆け上がり、二階に入っているファミレスへと飛び込む。暖房がよくきいていて、暖かい。

この店は、駅前とはいえ、一本奥まったところにあるせいか、いつも比較的空いており、今日みたいな障害対応時や、休みの日の持ち帰り仕事をこなす際にしょっちゅうお世話になっている。最近だと、今、自分が主体になって考えている新サービスの企画書を作るのによく使っている。

「いらっしゃいませー、空いているお席へどうぞー」

奥から飛んできた店員の言葉に、足早に店内の奥へ進む。

とはいえ、今日の店内は、なぜか思った以上に混んでいて、会社帰りのサラリーマンや、勉強中の大学生、それに、おしゃべりに興じる若者達で客席は全て埋まっていた。

「空いてない……」

まさかの立ち往生。これは予定外だ。店員もうっかり気づかなかったのだろう。

しまった。ここで数分待てば空くだろうか。いや、時間も無いし、ここは別の店に行った方がいいだろう。そんなことを考えながら出口へ歩き始めたときだった。

突然、左腕がぐいと引っ張られた。

「あのっ！　おにーさん、おにーさんってば！」

振り向くと、目の前に女の子の笑顔があった。

ウェーブのかかった長い黄金色の髪を背中に流し、耳にマリンブルーのピアスをした女子学生が、小さな八重歯をにっ、とむき出しにして、こちらを見上げている。

蒼真はいきなりのことに思考が追いつかず、その場で固まってしまう。

「え、ええと……」

「さっきからずっと声をかけているのに、聞こえてないみたいなんで！　向かいの席が空いているので、良かったらどうぞ！」

「へっ⁉　ちょ、ちょっと……！」

彼女の前には、二人がけのテーブルが一つ。

えっと、これって、まさか、相席ってこと……？

「あ、あの……。でも、それじゃ、狭くないですか……？」

「あたしは、大丈夫ですよ！　もう食べ終わっちゃったので！」

八重歯の少女が、紙ナプキンでテーブルを拭きながら、蒼真に笑ってみせる。

いやいや、さすがにそんなわけにはいかないし……。

と、手にしたスマホが連続して震え、会社からメッセージが送られてくる。ログの場所がわかりません、パスを教えてください、という悲鳴にも似た内容だ。

……背に腹は代えられない。

「あ、ありがとうございます。それじゃ、お言葉に甘えます」

蒼真は少女に頭を下げて急いで席に着くと、ノートパソコンを立ち上げつつ、OSやバージョンの異なる検証用スマホ四台を並べていく。

「じゃ、とりあえず、ドリンクバーでいいですか？」

「ええ、お願いします……」

タッチパネルで注文をしてくれている、向かいに座った女子学生の視線が一瞬、気になったが、今はそんなことにかまっている余裕はない。

テザリングでPCをネットワークに接続し、クラウドサービスのコントロールパネルにログイン。ステータスチェックをしつつ、コマンドを入力。

「って……、まじか……」

直後、画面を高速で流れ始める大量のエラーログを前に、口の中が乾いていくのがわかった。

サーバーが待機系に切り替わっていない。

異常を検知すると、待機系と呼ばれる予備のサーバーに自動的に切り替わる仕組みが上手く動いていないのだ。

そして、ログの内容からして、おそらくデータベースまわりに問題が起こっている可能性が高い。トラブルが長期化するパターンだ。

蒼真が保守部門の担当者に電話をかけると、スピーカーから今にも泣き出しそうな声が聞こえてきた。

『天海さん、手順書、全部試したんですけど、全然ダメで……』

予想通りだ。

周りに迷惑にならないように、小声で相手に伝える。

「そうですか。とりあえず、今、生きているプロセス、一旦、全部殺してくれますか。隠れている子プロセスも忘れずにお願いします。その後、再起動かけてください」

少し間をおいて、祈るような気持ちで、ステータス確認のコマンドを打つが、画面には無情にもサービス停止を意味するメッセージが表示される。

蒼真は天井を仰ぐ。

これでもダメだとすると、最終手段しかない。これをやると、ほぼ確実に復旧は出来るが、データベースの整合性に問題が出るなど、後処理は面倒になる。とはいえ、チーフの泉も、蒼真の判断を尊重してくれるだろう。

蒼真は意を決して、相手に告げた。

「サーバーの再起動を、かけていただけますか」

『わかりました』

しばらくして、画面上のプロセスが立ち上がってくるのを確認しながら、小声で保守担当と連絡をとり続ける。

時にはチャットツールで手順書にないコマンドを保守担当に指示するなどして、なんとか仮復旧に成功。

そこでようやく、羽田空港に降り立った開発チーフの泉がチャットに入ってきて、後の対応を引き継ぐことが出来た。

時刻は二十二時十分。障害時間は、約二時間四十五分。

長時間障害となった上、データベースの不整合が生じ、障害発生時に利用していた一部のデータもおかしくなってしまった。今頃、サポートセンターにはユーザーからのクレームが殺到していることだろう。明日、朝一での、関係部門を集めたアクション会議は大荒れ必至だ。

「……………ふう」

蒼真はとりあえず稼働中のステータスを表示するパソコン画面をぼんやりと眺めつつ、深いため息をつくと、顔を上げ——

真向かいの席に座った女子学生が、黒目がちな大きな瞳を輝かせて言った。

「お疲れ様でしたっ！」

「………うわっ⁉」

蒼真は驚きに思わず仰け反り、壁に後頭部をしたたかにぶつける。作業に集中するあまり、今の今まで、真向かいの席に女子学生が座っていたことを、すっかり失念していた。

というか、最初は確かに相席だったけど、途中で帰ったものだとばかり思っていた。まさか、そのまま残っていたなんて。

彼女は、テーブル越しに、ずい、と身を乗り出してきて、

「あのっっっ！　おにーさん、とっても、とーっても、かっこよかったです‼」

「ええと……、その……、あの……」

「ばーっ、とキーボードをたたいたかと思ったら、とってもクールな声で、『皆殺しだ！』とか、『子供も容赦するな！』とか、ザ・戦場の司令！　って感じで、あたし、すっごくしびれちゃって！」

「はあ………」

身振り手振りを交えた、テンションの高さに思わず気圧される。

彼女は白磁のような頰を紅潮させて、顔をぐっ、と近づけてくる。ふわりと香り立つ香水の甘い匂いに、蒼真は目一杯後退る。

「ちょ、ちょっと待って……！　なんか、すごく褒めてくれるのはうれしいけど、とりあえず落ち着かない……？」

「あっ……、すみません！」

彼女は舌をぺろりと出し、右手で自分の頭を軽く小突くと、すとんと椅子に座り直す。

この子、一体、なに……？

冷静になってよくよく考えると、おかしくないか？　ファミレスで見ず知らずの大人に相席を持ちかけ、しかもこっちの仕事中、ずっと待っているなんて。

蒼真は顔を引きつらせながら、改めて目の前の少女を見る。

すっと通った鼻筋に、派手ではないけどメイクの施された小顔。少し着崩した制服の襟元からは、年齢の割に大きなバストが覗いている。

思わず目をそらしてしまった。

典型的な陽キャだ。今だと、クラスの一軍女子とでも呼ぶのだろうか。蒼真が高校生だったころは、最も縁遠かった人種。

確かに助かったけど、気をつけるに越したことはない。相手は学生だし、変なことに巻き込まれたら大変だ。ここは早く退散する必要がある。

蒼真はちらりと少女の顔を見ると、居住まいを正して深々と頭を下げる。

「ええと……、とにかく、本当に助かりました。おかげでトラブルもなんとか片付いたし」

「い、いえ！　そんなことは気にしないでください！　あたしもお役にたてて良かったです！」

そして、蒼真はわざとらしく腕時計に目線をやり、テーブルの上に置かれた伝票の金額を確認すると、長財布から三千円を取り出す。

「それじゃ、そろそろ僕は行くので。お会計、ここに置いていきますね」

周りから変な風に見られたらやだな、と思いつつお札を置き、テーブルの上の機材を片付け始める。

と、彼女が慌てたように言った。

「あ、あの……！　ちょっと待ってください！　あたし、おにーさんに、お話ししたいことがあって、今まで待ってたんです！」

「…………え？」

「あたし、今、すごく興奮しているんです。おにーさんは、あたしがずっと、探していた人かもって！」

「…………はい？」

「おにーさんは、プログラミングとか、しているんですよね⁉」

「え……と、一応……、そういう仕事はしている。今、やっているのは、主に業務系だけど」

「じゃあ、あと……、昔、ゲームを作っていたことありませんか⁉　同人サークルとかで」

「…………………へ？」

一瞬、頭が混乱する。今、この子、なんて言った？　同人サークル？　いかにも、陽キャっていう見た目と、同人という言葉が結びつかない。

「ええと……、大学時代にちょっとだけは……。いろいろあって、体験版を出しただけで、完成はしなかったけど……」

途端、花が開くかのように、ふわああ……、と彼女は顔を綻ばせた。

「やっぱり……！　サークル『風守(かざもり)の民』をやっていた、『そーま』さんですよね……⁉」

「………………！」

一瞬、思考が止まった。

それから半分かすれた声で尋ねる。

「……あの……、どうして、その名前を……」

混乱に拍車がかかる。やっていたゲームサークルは、全くもって無名の弱小サークル。ノベルゲームを作ろうとしたけど、色んな事情が重なって、結局、リリース出来なかったのだ。

なのに、どうして、この少女はサークルの名前を知っているんだ？　それに、自分のことも……。

「四年くらい前、コミケに出てましたよね？　あたし、そこで、そーまさんから体験版をもらったんです！『風の砂漠と飛行機乗りの少女』！」

「あ、うん……、確かに出てたけど……」

彼女は一回会っただけの自分の顔を覚えていたということなのか？　こっちはもちろん、彼女の顔なんて覚えていない。

「序章だけでしたけど、あたし、とても感動しちゃって……！　それで、サークル代表のそーまさんのＳＮＳもフォローして、正式リリースをずっと待っていました。結局、開発中止になっちゃって残念でしたけど……」

彼女は一瞬、そこで眉尻を下げてさみしげな表情をしたものの、すぐにうれしそうな表情に戻り、

「でもでも、あたし、ずっと、そーまさんのＳＮＳを見続けていたんです。新しい発表とかないかなって！　そしたら、そーまさんがこの辺に住んでいるってわかって、絶対見つけてやるぞって思ってたら、この前、初めて見覚えのある顔をこのお店で見かけたから、張り込んで……！」

「待って待って待って！」

思わず右腕を前に伸ばして止めた。

「……………ん？」

「い、言ってること、めちゃくちゃこわいんだけど！」

「あはっ、確かに、ちょっとストーカーっぽいかも！　でも、目的を達成するには、これくらいがっつり行動するのはとーぜん！　って感じですし！」

まじか……。これが陽キャの行動力というやつか。というか、今、『目的』って言わなかったか？　なに、その目的って……？

顔から血の気が引いた蒼真の前で、彼女は突然、ぱちんと両手を重ね合わせ、

「そんな、そーまさんに、お願いがあります！」

真剣なまなざしを向け、

「あたしと一緒に、ゲームアプリを……、ソシャゲを作ってくれませんか⁉」

「……………へ？」

「ゲームを大ヒットさせたいんです！　目標は、一千万ダウンロード！」

「……………」

まじまじと相手の顔を見つめ返してしまった。

「ゲームアプリを……、作る……？」

「うん！　そーまさんに、プログラムやシステム、そして、全体のディレクションをお願いしたいんです！」

しばらく、間が空く。

蒼真は心を落ち着けるために深呼吸をして言った。

「ちょっと待って。色々突っ込みどころはあるんだけど、まず一つ目」

「なに？」

「僕に声をかけてくれたのはうれしい。でも、こういうのって、普通、ゲーム専門のエンジニアに頼むもんじゃないかな。ネットとか探せばすぐに見つかると思う。さっきも言ったけど、僕の主戦場は業務系だし、ソシャゲのプログラムとかシステムは難易度が高いし……」

と、彼女が蒼真に人差し指をつきつけ、

「いえっ！　専門なんて大きな問題じゃないです！　それにお願いするなら、あの『風の砂漠と飛行機乗りの少女』を作った、そーまさん以外には考えられなくて！」

思わず顔を両手で覆った。

なんでこの少女は、結局、同人ゲームですら完成させられなかった、こんなヘボエンジニアにこだわるんだ？

世の中には専門のエンジニアがたくさんいるから、そっちの方に頼むのが普通だ。

というか、ある程度、ゲームとかエンタメに触れたことがあるなら、そんなことはわかっていそうなものだ。やっぱり陽キャの見た目だし、実はあんまりそっちの方には興味が無くて、ソシャゲは儲かりそうだから、とかそんな理由で、少ない経験をもとに、思いつきでゲームを作ろうとしているだけなのかもしれない。

やはり、そこらへんはちゃんと突っ込んでおいたほうがいいだろう。

「……それじゃあ、二つ目の質問、いいかな？」

「はいっ！」

蒼真は、慎重に言葉を選びながら尋ねる。

「ええと、ゲームアプリをヒットさせるのって、すごく難しいと思うんだけど、そこらへんどう考えているのかな……？　僕はゲーム系は表面的なことしか知らないんだけど、ソシャゲの開発には人気のあるクリエイターをたくさん集めた上で、加えて、数億円の開発費が必要だってきいたことがある。それでも、大ヒットを飛ばせるってほんの一握りだとか」

だけど、彼女はなぜか自信満々な表情を見せた。

「それなら多分、大丈夫です！　これ、見て下さい！」

取り出してきたスマホのディスプレイに表示されていたのは、ＳＮＳの画面。

かわいい女の子のキャラクターがアイコンのアカウントで、オリジナルのイラストが投稿されている。

「フォロワー数のところに、注目してくださいっ！」

表示されている数字は、三十五万人。

「…………？」

彼女が胸を張り、得意げに言う。

「自慢じゃないけど、これでも、あたし、結構人気がある絵師だと思うの！」

「……はい？」

意味がわからず戸惑っていると、彼女が画面と自分の鼻を交互に指さして言った。

「これ、あたしのアカウントなんです」

「…………へ？」

「それで、これはあたしが描いたもので……」

そう言いながら、彼女が指で画面をスクロールさせると、美麗なイラストが次々に現れる。

イルカの背に乗った少女が、海に沈んだ高層ビル街の中を、魚の群れと一緒に水中散歩している。

白銀に光り輝く甲冑（かっちゅう）に身を包んだ女騎士が、今にも炎を吐かんとするドラゴンを相手に斬りかかろうとしている。

夕日が沈みつつある浜辺を、セーラー服の少女が涙を流しながら裸足（はだし）で歩いている。

そのどのイラストも、いいねやリツイート数は、一万近くに達している。

蒼真はディスプレイから、満面に笑みを浮かべている少女に視線を移して困惑してしまう。

これらのイラストを描いているのが、この子……？

同人ゲーム制作から離れて久しく、最近のイラストレーターのことはあまり詳しくはない。

だけど、三十五万とかいうフォロワー数からすると、相当な有名人、すなわち、俗に言われる『神絵師』とかいうやつなのでは……？

まじか……。

「あと、シナリオの方も、今度アニメ化が決まった売れっ子ライトノベル作家にお願いしているから、そーまさんが言う、人気クリエイターを集めるという条件は満たしています！」

「……なる……、ほど……」

蒼真は大きく再度深呼吸をする。

ちょっと理解が追いつかなくなってきた。

彼女のいう話が本当なら、今、この場は、神絵師が自分のゲームを作るために、かつてプレイしたゲームの制作者をスカウトしている、という一応はまともに見える構図にはなる。

「クリエイターさんについてはわかったけど、でも、開発資金の方は……？」

「はい、それについても問題ありません。あたしの貯金だけじゃ到底、足りませんけど、お金を出してくれる会社さんがあるんです。以前、ゲームのイラストを描いたときからお取引のあるところです」

「はあ……」

「あ、言っておきますけど、あやしいところじゃないですよ！　そこの役員さんから、あたしの主宰する制作チームに開発資金を出すから、とにかく面白いゲームを作ってほしいって頼まれて……。あっ……」

彼女はそこでなにかに気づいたらしく、鞄から小さなケースを取り出してきた。

「チームの紹介がまだでした！　これ、あたしの名刺です。どうぞ！」

渡された名刺には、ゴスロリ服を着た女の子の可愛らしいイラストがあしらわれ、その脇に名前や連絡先が書かれていた。


『クリエイティブユニット・スカイワークス　代表・影宮 夜宵（本名：羽白光莉）』


「これって、会社なの？」

「ううん。まだ、会社にはしていないんです。だけど、商業のお仕事を受けているから、同人サークルというわけでもなくて」

個人事業主として仕事を受けている、ということかな、と混乱する頭で考えていると、彼女が両手を差し出してくる。

「そーまさんの名刺もくださいっ！」

「え……？」

さすがにためらう。渡すとしたら会社の名刺になるけど、半分ストーカーみたいな彼女に渡したら、一体なにをされることか。とはいえ、ビジネスマナーとして、返さないわけにもいかないし、と結局、彼女に自分の名刺を渡す。

彼女は名刺を天井にかざしながら、うれしそうに言う。

「えへへー、『そーま』さんの名前、天海蒼真さん、って言うんですね！　本名と同じですし、これからも、そーまさん、って呼んでもいいですか？」

「かまわないけど……」

「ありがとうございます！」

彼女はにへら、と笑う。

「それで、蒼真さん、お仕事、いつからはじめましょうか？」

「……いや、待って。いつ、僕が仕事を受けるって言った？」

「ん？　逆に、今のあたしの説明で、受けない理由ってありますか？　有名なクリエイターをそろえて、開発資金もあるんです！　ちゃんと、報酬もお支払いします！」

「…………」

思わず額に手をやる。

百歩譲って、神絵師達(たち)が自分でゲームを作る、というのはわかる。だけど、彼女が億単位の開発資金なんて持っているわけもないし、報酬だってバイト代みたいなものだろう。社会人である自分が子供の遊びにつきあっている余裕はないのだ。

「いや、そもそも、僕は会社員だから手伝うのは無理だよ？」

「平日の夜とか、土日とか出来ますよね⁉　その場合は、報酬も割り増しでお支払いします し！　勿論(もちろん)、大ヒットしたらインセンティブも出します！」

「えっと、週末も出勤することもあるし、休みであっても、会社から呼び出されることが多いし、そもそも副業は禁止だし」

第一、そんなうさんくさい話に乗る人なんていないよ、という言葉は相手を傷つけると思って飲み込む。

と、光莉は眉間に皺(しわ)を寄せ、頬をぷうと膨らませて言った。

「そんなにずっと働いて……、もしかして、そーまさんは、社畜さんなんですか！」

「…………ぐっ⁉」

「会社に忠誠を誓ってしまって、それ以外のことが考えられなくなるっていう社畜さんですか⁉」

否定できない。

インフラ系の仕事をしている以上、二十四時間三百六十五日、なにかあったら今日みたいに即応しなければいけないからだ。

蒼真が固まっているうちに、彼女は腕組みをして少し考え込んだかと思うと、ぱっ、と顔を上げて、真剣な表情で言った。

「それなら、いい案があります。……そーまさん、あたしの社畜になってください！」

「………はい？」

なにを言われたかわからず、ぽかんとしてしまった。

「あたしの会社……にはまだなっていませんが、とにかく、あたしのチームに転職するんです！　検討してほしいです！」

「ど……、どうしてそうなるっ！」

蒼真が泡を食って腰を浮かしかけると、彼女は、祈るように両手を組み、

「お願いです！　あたしと一緒にゲームを作ってくれませんか……？」

大きな双眸を微かに潤ませて、蒼真の目を見上げてきた。

「……ええと、その……」

よくわからない状況で、年下の少女に見つめられてしまい、頭は半ば混乱している。

それでもどうにかして、気持ちを落ち着かせると、大きなため息とともに言った。

「えーと、なんていうか……、気持ちはわかるけど、やっぱり、それは無理な相談かなあ。今やっている仕事はまあまあ愛着があるから、途中で放り出すつもりもないし、そもそも、僕はゲーム作りを止めた身だし……」

蒼真の心がずきりと痛む。あんなことがあり、開発を頓挫させた以上、自分が再びゲームを作る資格などない。

「……あと、こう言っちゃ悪いけど、給料とか福利厚生のことを考えると……」

光莉が慌てたように言った。

「だけど、一年後には、ゲームが大当たりしているので、すんごく儲かっていますよ！」

女子高生の口から飛び出すうさんくさい台詞。蒼真は引きつった笑みを浮かべるしかない。

これは、もう、話にならない。

確かに彼女は神絵師かもしれないけど、こんな面倒な子に絡まれている暇はない。今は、一刻も早く家に帰って、明日のアクション会議に向けた資料を作らなくちゃいけないからだ。

それに、今回トラブルを起こした「出前アプリ」とは別に、今、自分が企画している新サービスについて、役員へのプレゼン準備も進める必要がある。

蒼真は改めてテーブルの上のノートＰＣなど機材一式を片付けながら、

「まあ、今の会社が潰れたりしたら考えるよ。それじゃあ、僕は帰るから。君も遅くならないうちに家に帰った方がいいと思うな」

「あ……、え!?　ちょ、ちょっとぉ……!?」

「ごめんね。期待に沿えなくて」

それだけ言い残すと、蒼真はテーブルの上に置きっぱなしにしていたお札を彼女の方に滑らせ、足早にファミレスの出口へ向かう。

階段を下りてビルの外に出たところで、後ろを振り返るが、彼女が追いかけてくる気配はなかった。

蒼真は人通りの少ない、寒風吹きすさぶ商店街を歩きながら、スマホで会社のチャットをチェックしながら、これから作る資料に盛り込む内容を考え始める。

チャットのやりとりを見る限り、明日の会議はなかなかの荒れ模様になりそうだ。きっと、いつもの通り、責任のなすりつけ合いに終始して、なにも生み出さないのだろう。そんな時間があったら、少しでも新しいサービスを作るためのコードを書きたい。

蒼真は大きくため息をつくと、コートの襟を立てて、冬の冷たい風に身を縮ませながら、早歩きで自宅アパートへ向かった。

2

大規模障害から、二週間あまりが経った、二月十八日、金曜日。

取引先への謝罪訪問に始まり、原因究明、再発防止策のとりまとめ、会議という名の部署同士の責任のなすりつけあいで、毎晩、終電帰りが続いていたのが、ちょうど落ち着いた頃。

朝八時半、蒼真は眠い目をこすりながら、出勤する人波に乗って、オフィスビルのエントランスゲートをくぐる。

新宿の都庁近くに位置するこの複合ビルには、国内大手メーカーやメガベンチャーなど、十数社あまりがオフィスを構えており、その十四階に、蒼真の勤め先である中堅の独立系システム開発会社・ラングリッドテクノロジー株式会社の本社があった。

ここに移転したのは二年前のこと。移転計画が持ち上がった頃から、会社の売上規模に比べて、賃料が高すぎなのではないか、という懸念（けねん）は社内外から抱かれていた。だが、元来、見栄（みえ）っ張（ば）りな社長が、「生き物は住処（すみか）のサイズに合わせて大きくなるんだ。金魚だってそうだろう？」とかいうよくわからない理論で強引に話を進めたということだった。

それ以来、業績が伸びているという話も聞かないし、むしろ、利益率の悪化によって、近々リストラが計画されているという噂（うわさ）まで出ている始末だ。先月は、新任役員として取引先の金融機関の人間もやってきた。

蒼真も不安を全く感じないと言ったら嘘（うそ）になるが、正直にいえば、日々、目の前に降ってくる仕事を片付けることで頭がいっぱいだ。

エレベータを十四階で降り、自分の席があるフロアへと向かう。同僚に朝の挨拶をしつつ、鞄（かばん）をデスクに置いたところで、システムエンジニアリング部長が足をふらつかせながら近づいてきた。

「あ、おはようございます……」

挨拶をしつつ、違和感を覚える。いつもと様子が違う。目はどこかうつろだし、声も小さくて聞こえない。障害対応は、蒼真を含む開発チーフ以下に丸投げしていたこともあり、そんなに疲れていないはずなのだけど。

「天海、午前中にお客様との予定は入っていないよな？」

「えと……、はい、大丈夫です」

「わかった。じゃあ、荷物を置いたらすぐに会議室に行ってほしい」

「……会議室ですか？」

「ああ。みんなにも伝えてくれ」

　そう言うと、部長は事業部長席へと向かっていった。そこには他の管理職も集まっていて、深刻な顔つきでなにかを話しているようだが、ここからでは話の内容は聞き取れない。

　いぶかしく思いながらも、蒼真は出勤してきた同僚に声をかけつつ、フロアの反対側にある会議室へと向かった。


　始業時間の九時を過ぎ、本社にいる二百人超が集まった会議室内は、人いきれでむせかえるようだった。両脇の壁沿いや後方には椅子に座れなかった人が立ち見をしている。

　そんな中、蒼真は、後ろの方に立っている開発チーフの泉由佳の姿を見つけた。

　髪をミディアムにまとめ、濃紺のスーツを着た、いかにもキャリアウーマン風といった女性で、綺麗な立ち姿が印象的な人だ。彼女もここ二週間の障害対応でほとんど寝ていないはずなのだが、疲れた表情はうかがえない。

「一体、なんなんでしょうね？　全社員を集めるということはよっぽど大切な話だとは思うのですが」

「さあね。社長の重大発表とか重大任務ってやつじゃないかな？　数年前は、重要取引先の社長が可愛がっているペットの猫が死んだということで、社員全員で黙禱する写真を撮影するために集められたことがあるが、今日は、うちの身売り話とかかな」

腕組みをしつつ、相変わらず真面目な口調でそんなことをいうので、軽口かどうかもわからず、戸惑ってしまう。

そうこうしているうちに、前方の扉が開き、総務社員を先頭に、社長をはじめとしたお偉いさん達が中に入ってきた。

と、会議室がざわめいた。

社長や幹部連中に続いて現れたのは、ゲストカードを首から提げた見知らぬ人間が三人。

——あいつら、一体、なんだ……？

——うちの会社の人間じゃないよな？

——というか、あの襟章、フィーエンス社じゃないか？

——えっ。あそこって、うちの競合だろ？

方々から訝しむ声があがる。

「静粛に願います」

壇上の脇にあるマイクの前に立った総務社員の声がフロア内に響く。

「社長からお話があります。全員、心して聞くように」

壇上に立ち、社員を見渡す社長の顔は、心なしか青ざめているように見える。恰幅(かっぷく)の良い身体(からだ)も、何故(なぜ)か今日は一回り小さく見える。

「えー、みなさん、おはようございます。今日はみなさんに大事なお話をしなければなりません」

声にも張りがない。

「先ほど臨時株主総会が開催されまして、その結果、当社の全株式は、近日中にフィーエンス株式会社へ譲渡されることが決議されました」

室内に沈黙が落ち、困惑の空気が広がっていく。

どういう意味だろう？

「えー。ですが、社員のみなさんは、なにも不安に思うことはありません。当社が手がけている全てのサービスは、今後、フィーエンス社との新たなパートナーシップのもと、お客様に対して今まで以上の優れた品質でご提供が可能になります。本日は、この場にフィーエンス社のみなさまにご足労いただきましたので、今後の両社の協業体制についてお話をいただきます……」

社長の不穏な発言に、次第にざわめきが大きくなっていく。

「チーフ、どういう意味かわかります？」

面食らった蒼真が泉に尋ねようと横を向いたとき、珍しくいつも冷静な彼女の眉間に深い皺が刻まれていることに気づいた。

「あの……、泉さん……？」

「ああ」

そして、泉は、視線を前方に向けたまま、顎に手をやると、自分に言い聞かせるように静かに言った。

「株主が変わったということだ」

「……はい？」

「うちの会社は、今日、フィーエンス社に買収されたということだよ。参ったな、身売り話かもな、というのは半分、冗談で言ったつもりだったんだが」

「えっと……」

意味はわかる。だが、脳が理解を拒む。

追い打ちをかけるように、泉が低い声で言った。

「……大リストラが、はじまるぞ」

そう言いつつ、それからすぐに視線を部屋の隅に座っているフィーエンス社の社員に向け、声のトーンを落として続けた。

「いや、もうはじまっているのかもしれないな」

彼らがこちらを見ながらにやにや笑っているような気がした。

やがて一連の説明が終わり、状況を理解した社員達が黙り込む中、書類を手にした経営管理本部の部長がマイクの前に立った。顔色は真っ青だった。

それがなにを意味するのか、その場にいた社員達は皆、薄々気づいていた。

「えー、今後の、フィーエンス様との事業統合に向け、弊社としては早急に不採算事業の整理を行うことになりました。受託事業の精査は今後の課題として、まずは自社で手がける全てのサービスについては原則として、速やかにサービスを終了させることとします……」

頭を金槌でぶん殴られたかのような衝撃を受けた。

「これってつまり……」

蒼真のつぶやきに、泉が淡々と答える。

「私たちのサービスも、クローズということだな。当然、君が企画している新サービスも開発中止になる」

頭が真っ白になった。室内で説明されている内容も、もはや蒼真の耳には一切入ってこなかった。

3

翌朝、目が覚めたら、自分の家のベッドの上にいた。

「……う……、頭……、痛い……」

蒼真はこめかみを手で覆う。頭の芯がずきずきと痛む。完全に二日酔いだ。

カーテンの隙間からは冬の明るい日の光が差し込んでいる。

今、何時だろうか。

枕元に転がっていたスマホで、午前十時五十分という時刻を確認した瞬間、頭がズキリと痛み、思わずうめき声を上げる。

結局、昨晩、どれくらい飲んだのかは、覚えていない。

昨日の、突然の会社の買収劇に狼狽した蒼真は、普段から仲が良い同期入社の三人と飲みに行ったのだ。

会社上層部への憤りや、後悔、悲しさがないまぜになった、やるせない気持ちが酒を進ませたものの、運良くその立ち飲み屋が午後十一時で閉店だったこともあり、かろうじて終電近い電車に乗ることが出来たのだ。というより、この時間で正体無く酔っていた蒼真を、同期が無理矢理、電車に押し込んだという方が正しい。

その後の記憶はほとんどなく、断片的に覚えているのは、自宅の最寄り駅で降りた後、路上で完全なグロッキー状態で座り込んでいたら、親切な誰かが声をかけてきて、ずっと介抱してくれていたということだ。

それからどうやって家に帰ったかについては全く記憶にない。

「うぅ……」

頭痛をこらえながら、ゆっくり上半身を起こすと、ベッドの傍に誰かが立っているのに気づいた。

「おっはようございますー！　体調はどうですか？」

「………………へ？」

目をしばたたかせる。

そこにいたのは、制服の上にエプロンをつけた女の子。

「はい、そーまさん、お水！　ちゃんと水分補給してくださいね」

笑顔でそう言いながら、少女がキャップを外したペットボトル入りの水を差し出してくる。

「あ……、どうも……」

戸惑いながら喉に流し込むと、思いっきりむせてしまい、少女が背中をポンポンと叩いてくれる。まるで介護を受けているみたいだ。

というかこの子、どこかで見たような……。

「えっと……、君……、誰……？　どうしてうちに……？」

　飲み過ぎでガラガラになった声を絞り出して見上げると、人なつっこい笑顔をこちらに向け、黄金色に、ピンクのインナーカラーをいれた長い髪を背中に流し、耳にピアスをした少女が楽しげに言った。

「あははっ。その質問、昨日、何回ももらいましたよ！　改めまして、あたしは、イラストレーターにして、クリエイティブユニット・スカイワークス代表の影宮夜宵、本名、羽白光莉、高校一年生ですっ！」

「あ……」

　思い出した。

　二週間ほど前、障害対応中に、ファミレスで相席になった、『クラスの一軍女子』で『神絵師』の女子高生。蒼真にゲーム制作に参加してほしい、などとよくわからないことを言ってきた子だ。

「昨日、偶然、道路の上でうずくまっていたそーまさんを見つけて、ここまで連れてきたんですよー。あのままだと凍死しちゃうところでしたから！」

「え……」

　目の前でにっ、と笑ってくる少女を前に、言葉を失う。

　酔っ払った自分は、この高校生に介抱させた上に、自宅まで送らせたということ……？

「あっ、大丈夫です！　特に変なことは起きませんでしたから！　あ、一応、お巡りさんに見つからないように、ちょっと遠回りさせてもらいましたけど」

「い、いや……、家は……？　親御さんとか！」

「あ、そこもご心配なく！　お父さん、なかなか家に帰ってこないんで」

光莉はそう言って手を上下にひらひらさせると、

「今、朝ご飯を作っていますから、もうちょっと待って下さいね。二日酔い解消に、しじみのお味噌汁も作っています！」

そう言うと、制服のスカートを翻しながらキッチンへと向かっていった。

「……うそだろ……」

蒼真は乾いた声でそうつぶやくと、呆けたように彼女が今まで立っていた場所を見つめるほかなかった。

蒼真の家の間取りは2ＤＫで、玄関入ってすぐに、ダイニングキッチンがある。その中央に置かれた小さなテーブルの上には、和朝食が二人分、並べられていた。

玄米入りのご飯に、納豆、鯖の塩焼きに、しじみのお味噌汁。

しっかりとした献立を前にして、蒼真は目を白黒させる。

「ザ・二日酔い対策メニューです。近くに朝早くからやっているスーパーがあったので、とても助かりました！」

食卓を前にした彼女は、どこかの寿司チェーンの社長のように、じゃーん、と両手を広げて得意げに言った。

「それで、あたしも一緒に食べていいですか？」

「え……、あ……、う、うん……、もちろん……」

彼女は向かい側の椅子にちょこんと腰掛けると、「いただきます」と両手を合わせる。

蒼真もそれにならって手を合わせ、お椀を手に取る。

「……美味しい」

気持ち薄味にしたしじみのお味噌汁が、荒れた胃に染み入る。

「でしょでしょー。あ、鯖の塩焼きもどうぞ……！　グリルが無かったんで、フライパンをお借りしたんですけど、我ながら、結構、うまく焼けたと思うんですよね！」

パリパリに焼けた皮の下から現れたふっくらとした身を食べると、ちょうど良い塩味のついた旨味が口の中いっぱいに広がった。

二日酔いだというのに、びっくりするくらい食欲が湧いてくる。

気がつくと、あっという間に平らげてしまい、彼女がにこにこ笑いながら、食器を下げ、代わりに煎茶を目の前に置いてくれた。

「ふう……。ご馳走さまでした。本当に美味しかった……」

「お粗末さまでした。そーまさんにそう言ってもらえて、あたしも頑張って作ったかいがありましたよー！」

「そういえば、気になっていたんだけど、もしかしてこれ全部、今朝、作ったの……？　すごく大変だったんじゃ……？」

「はい！　でも、あたし、毎朝のお弁当作りで慣れていますし！」

「お弁当？　自分で作るの？」

「そう。あたし、一人暮らしみたいなものなんでー」

一人暮らしみたい、という言葉に引っかかりを覚える。そういえば、さっきも親がなかなか家に帰ってこない、とか言っていたような。

と、光莉がにやっ、と笑う。

「それより、食器がちゃんと二人分残ったままで、安心しました。半年前に、彼女さんと別れた、ってことで、もしかしたらもう捨てちゃっているかなー、とか思ったんで」

ぶっ……‼

思いっきりお茶を吹き出した。

「え……、えーと……、そのこと、どうして知っているの？」

「ん。昨日、ここに来るときに教えてくれましたよ。会社が買収されちゃったこととか、サービスが終わっちゃうこととか、一緒に住んでいた彼女さんとけんかして別れちゃって、部屋を持て余していることとか」

蒼真はテーブルに突っ伏し、頭を抱える。

出来れば、昨日の夜まで時間を戻したい。

「あー。よく見ると、あたしのお茶、茶柱が立ってますねー。そーまさんのと、取り替えちゃいます！」

そう言いながら、飲みかけの湯飲みが交換される。

蒼真は、何回か深呼吸をする。

お腹も膨れ、ようやく頭が回ってくるにつれて、自分がとんでもないことをしてしまったという実感がふつふつと湧いてくる。

蒼真は咳払いし、背筋を伸ばす。

「ええと……、羽白さん」

「ん？」

「正直、色々戸惑ったままなんだけど、ちゃんとお礼を言わなくちゃ、と思って。昨晩、酔い潰れていた自分を家に送ってくれた上に、朝ご飯まで用意してくれて、なんてお礼をいえばいいか」

そう言って、深々と頭を下げると、彼女は顔の前で両手を左右に振る。

「いえいえ！　そんなたいしたことしてませんよー。といいますか、むしろ当然のことをしたというか！」

「当然って……、普通は赤の他人にここまでのことはしないんじゃ……」

「えー。赤の他人だなんて、水くさいですねー」

光莉が右手をパタパタと前後に動かす。

「いや、だって、この前、ファミレスでちょっと会っただけの関係だし」

「違いますよ？　だって、そーまさんは、あたしの大事な社畜……、ちがった、チームメンバーなんですから。代表としてメンバーを大切にするのは当然ですし」

「…………」

言葉に詰まってしまった、蒼真の頭の中に大量の疑問符が浮かぶ。

「……えっと、今、なんて言った？」

「代表としてメンバーを大切にするのは当然」

「いや、その前！」

「そーまさんは大事な社畜！」

戸惑いに、一瞬口ごもった後、

「え、ええと……、その話はこの前、断ったような……？」

「でも、昨日、あたし、ＯＫいただきました！」

「…………へ？」

「そーまさん、昨日、会社が買収されたから転職活動するって、ずっと言ってました。それで、あたしが、『うちに転職しませんか？』ってきいたら、『する！』って即答して！」

目の前の少女が、満面に笑みを浮かべている。

「……ええ……と……」

頭の中が真っ白になり、蒼真は言葉を失う。

酔っ払った勢いで承諾した、ということ？

でも、そんなの口頭だから絶対に無効……。

「ちゃんと、契約書にサインしてもらいましたよー」

彼女が鞄（かばん）の中から取り出したタブレット画面を見せてくる。

そこにあったのは、酔っ払って歪（ゆが）んではいるものの、紛れもなく自分のサイン。

今度こそ、蒼真はなにも言えなくなってしまう。

一分ほど沈黙した後、

「ごめん……。それ、無かったことに出来ないかな……」

深々と彼女に頭を下げた。

彼女は少し困ったように眉根を寄せると、僅かに頭を傾け、頬に人差し指を当てながら言う。

「うーん、勿論（もちろん）、そーまさんが納得していない以上、契約書を盾にして、無理に、ということはないです。というか、こちらこそ、なんか騙（だま）すようなことをしてすみません。

……ですが！」

彼女は両手をつき、テーブルごしに身を乗り出してくる。

「真面目なお話、うちでゲームを作るのって、悪くないと思うんです！　そーまさんのエンジニアとしての力を存分に発揮していただけると思いますし、一年後にはすんごいお金持ちになっているはずですし！」

「え……、えええ……」

「そういうわけで、改めて、来月からお仕事、お願い出来ませんか！　……いえ、来月とは言わず、是非、今日からお願いします！　当然、賃金もすぐにお出ししますので！　ついでに、福利厚生として、今日みたいにご飯も作ります！」

ぐいぐい迫ってくる彼女の気迫に、蒼真は危うく背中から倒れそうになるのを必死で耐える。

「い……、一旦、落ち着こうか」

光莉を椅子に座らせ、軽く咳払い。

「ええと、気持ちはわかるんだけど、正直、課題は多いと思うんだ。この前も言ったけど、なにか事業を興すには、『ヒト・モノ・カネ』をそろえる必要がある。ヒトについては、この前聞いた通り、羽白さんが実力のあるイラストレーターだってことはわかったし、シナリオも小説家さんが担当するって聞いた。プログラマーとかエンジニアについては一旦置いておいて、問題はカネ……、つまり、資金面」

真剣な表情をしている彼女を前に、注意深く言葉を選んで続ける。

「この前、羽白さんの手持ち資金の他に、ゲーム会社から開発資金の提供を受けているって聞いたけど、具体的な数字を聞いてもいいかな？」

まさか、数十万円とかで作れるなんて思っていないよな？　いや、数百万あっても、全然足りないんだけど。

現実的には一本、すなわち、一億円近くは必要なはずだし、彼女には、まずはそこから認識してもらう必要がある。

「はい。あたしとみーちゃん……、作家の子がそれぞれのお仕事で貯めたお金が一千万円ずつ。それに加えて、開発費用としてもらったお金が六千五百万円。合計八千五百万円は手元にあります！」

「……ひっ……⁉」

予想外に、まともな数字が出てきて、変な声が出た。

「えっと……、そんな大金があるの？　本当に……？」

彼女は自慢げに胸を張る。

「うん。あたしたちの二千万円のうち、相方のみーちゃんは印税収入で一千万を貯めて、あたしについては、ソシャゲのイラスト仕事や、お絵かきSNSの会員収入とか、あと、Ｖｔｕｂｅｒのママになったのも大きいかな！　残り六千五百万円は、向こうの部長さんから、ヒットしたらすぐに回収出来る金額だし、逆に少なくてごめん、とか言われているんだけど。あ、一応、これ、向こうから渡された契約書です」

渡されたタブレットに映る、電子契約の押印がされた契約書は確かに本物だ。

彼女達自身の資金だという二千万円は、蒼真の銀行口座にあるお金よりも桁が一つ多い。売れっ子のイラストレーターって、こんなにもうかるの……？

心を落ち着かせるために、お茶を一口飲む。

「そっか……、必要最低限の資金はあるってことか……」

とはいえ……。

予想外に現実的な数字を聞いて一瞬引いたものの、その生々しすぎる数字故に、今度は別の不安が呼び起こされる。

「だけど……、うん……、水を差すつもりはないんだけど、その金額だとちょっと心許ないかもしれない。僕はソシャゲ業界のことは詳しくないけど、毎月たくさんのタイトルがリリースされて市場がレッドオーシャンになっている以上、初期費用だけで十億円くらい使うものもざらだとか。まともな開発をするとなると、これは決して十分とはいえない金額だと思う」

彼女は、真剣な表情で大きくうなずく。

「うん。その点は、十分考えています。たとえば、費用に関しては、ボイス収録費はこれとは別ですし、ゲームに実装するイラストやシナリオも全部自分たちで作っていますので、かなり安く抑えられると考えているんです。そして、少ないお金で作っても、面白いものが出来れば、絶対にヒットすると思っているので！」

一方の蒼真はうーん、と腕組みをしてしまう。彼女のやる気を否定する気は無いが、これが「挑戦」なのか、はたまた「無謀」なのかはわからない。

「そーまさんのご心配は当然だと思います！　他の人からも無理だ、とか結構言われています。でも、みんなが無理だと思うことに挑戦するからこそ、やる価値があるとあたしは思っているんです！　それに……」

そう言って、彼女は再びテーブル越しにぐっと身を乗り出し、蒼真に顔を近づけながら、

「成功する確率をあげるためにも、そーまさんをずっと探していたんです！　『風の砂漠と飛行機乗りの少女』を作ったそーまさんに、あたしたちのチームに入っていただけたなら、成功は間違いなしですし‼」

「は、はあ……」

少女の熱気に押されて、蒼真はどう言葉を返せばいいかわからなくなった。

正直に言えば、そんなにうまくいくとはとても思えない。リリース後にヒットするアプリなんてそんなに多くはないのだ。

自分も開発の現場で散々苦労してきたからわかる。どんなにお金を投じて、知恵を絞り、頑張って作っても、ほとんどダウンロードされないアプリなんて腐るほどある。死屍累々という

言葉が適切なほどに。

いや、それ以前に、ちゃんと無事にリリース出来るかどうかも、あやしいような……。

刹那、蒼真の脳裏に再び、よみがえってくる苦い記憶。

『風の砂漠と飛行機乗りの少女』の体験版は、実はそこそこ注目を集めていたと思う。

体験版のストーリーが『泣ける』ということで、一部で話題になっていたのだ。

舞台は人類がほとんどの動力源を失った滅び行く世界。

物語冒頭で、生きる意味を見失った元・飛行機乗りの少女と、生きる意味を探していた寿命間近の人造人間の少年兵が出会う。やがて、少年兵は、自分の機械の身体(からだ)を動力源として少女の飛行機に捧(ささ)げることを決める。少年は、飛行機乗りとしての少女の生きる意味を取り戻させ、自らも生きた意味を獲得した上で、死んでいく。

本編では、この飛行機乗りの少女の冒険を描くことを予定していた。

だけど、制作が進むにつれて、チームメンバーの絵師とライターがストーリーラインを巡って対立するようになり、ディレクター兼プログラマーである蒼真はうまく仲裁出来ず、サークルは空中分解状態になり……。

と、そこまで思い出したところで、慌てて、それを記憶の奥底に押し戻す。

「そーまさん、これ、見て下さいっ……!!」

と、突然、光莉がＡ４の書類の束を、ずい、と差し出してきた。数十枚はあるだろうか。

表紙には、近未来の破壊されたビルの上でライフルを掲げた儚げな表情の制服姿の少女のイラストとともに、『Legend of the God Killer（仮）企画書』という文字が書かれている。

「ええと、なに、これ……?」

「今、あたしたちが作っている作品の企画書！　読んでほしいです！」

猫を思わせるアーモンド型の瞳に必死な色を浮かべ、見上げてくる。

その眼力に気圧され、蒼真は書類を受け取り、めくる。


——息を呑んだ。


強大な力で破壊された近未来都市を背景に、十数人の少年少女達がそれぞれの武器を構えて立っている。

ライフルを構えた制服姿の少女に、ダガーナイフを構えた褐色肌のアサシン少女、呪符を手にした陰陽師の衣装を着た少年に、大剣を構えた少女巫女——。

彼らが対峙するのは、メカニカルな外観の強大なモンスターの群れ。

素人目にも、その描き込み量が常軌を逸していることはわかる。

イラストにはフレーバーテキストが添えられている。

——世界は、神々の怒りに触れた。

——全ての生きとし生けるものを無に帰すべく、神々は、火と、水と、土と、風を、世界から奪いはじめた。

——だが、未来を信じ、「神殺し」の力を得た少年少女達は、

——武器を手に立ち上がり、神々への反逆を開始する。

——これは、希望と悲しみに満ちた、神殺しの物語。

——そして、彼らが生きる意味を見つけるまでの物語。


「生きる意味を見つける」という言葉に、胸をつかれた。かつて、自分が作っていたゲーム、『風の砂漠と飛行機乗りの少女』と同じテーマだった。

蒼真は、企画書のページを繰る。

イラストレーター「影宮夜宵」と、作家「望月海築」がタッグを組んで送り出す、絶望と救済のアクションRPG大作。

個性豊かなキャラクター達と、超美麗なグラフィック、そして百万文字を超えるシナリオで紡がれる物語。

次のページには、プロローグシーンの一つだろうか、真ん中から折れた超高層ビルの残骸の上で、腕に入れ墨がある遊牧民の少女が跪き、儚げな表情で天に祈りを捧げている。

そのページ以降には、既に完成した数多（あまた）のグラフィックと、サンプルというにはボリュームのあるシナリオが載せられている。

蒼真は、自分の心拍数があがっていくのに気づき、困惑する。

全身を巡る血が熱を帯びたかのような錯覚を感じ、ページを繰る手がなぜか震える。

このキャラクターたちが動く物語を、見てみたいかもしれない、と思う。

いや、もし、この物語をゲームとして、己の手で動かすことが出来たら……？

――自分が、創り手に回れれば……？

……気づくと、蒼真は、五十ページ近くある企画書を一気に読み終えていた。

勿論（もちろん）、ゲームシステムとか、未決定（TBD）の項目が多く、企画書としては穴だらけだと思う。

だけど、その欠点を忘れさせるほどの熱量がそこにはあった。

企画書から、顔を上げると、目の前に、光莉の必死な顔があった。

「お願いっ！　蒼真さんの力を貸してほしいの……！」

微（かす）かにわななく、薔薇（ばら）のつぼみのような小さな唇。

不安げに揺れる瞳。

見つめられ、蒼真は思わず目をそらしてしまう。

――ダメだ。絶対に、ダメだ。このままだと、魅入られてしまう。

すんでのところで理性を取り戻す。

彼女の想(おも)いはわかる。

だけど、そもそも自分は、彼女のチームに入る気は無い。

今の会社に残って頑張るか、あるいは転職活動を始めるかはまだわからない。だけど、自分のエンジニアとしてのキャリア形成を真剣に考えて、今後の進路を決めないと、あっという間に路頭に迷ってしまう。それに、ゲーム業界なんて、論外だ。一度、ゲーム制作から逃げ出した人間が、行く資格はない。

とはいえ、ここまで熱心に懇願されてしまうと、無下(むげ)に断るのも心苦しい。しかも、冬の寒空の下、酔い潰れていた自分を介抱して家まで運んでくれた負い目もある。

蒼真は小さくため息をついて言った。

「ごめん。一週間、時間をくれないかな。必ず返事をするから」

勿論(もちろん)、時間稼ぎでしかない。

光莉は一瞬、なにかを言いたそうにしかけたものの、ぐっ、とそれをこらえ、作り笑いを浮かべて言った。

「わかった……！　あたし、待ってるから！」

どこか悲痛を感じさせる、言葉。

「一週間後、いい返事をもらえると思っていいよね？　勿論(もちろん)、お断りだったら、職場におしかけるけど！」

「……いや、それは勘弁してほしい……」

それから夕方まで、光莉は勝手に蒼真の家を掃除した後、「じゃあ、期待して待ってる！」と言って、帰って行った。

水を飲もうと冷蔵庫を開けたとき、中に夕食用に作られた親子丼が入っていることに気づいた。光莉が朝食といっしょに作ってくれたのだろう。

ラップの上には、丸文字で書かれた『一緒にすっごいゲーム、作りましょう‼』というメモが、ネコミミ少女のイラストとともに添えられていた。

蒼真はため息とともに、冷蔵庫の脇にあった胃薬の錠剤を手に取り、水で喉の奥に流し込む。しくしくとしたこの痛みは、きっと、二日酔いのせいではない。

4

月曜日、オフィスに向かう足取りは重かった。

新宿駅の改札を出て、高層ビル街に向かう地下道を歩きながら、もしかしたら先週のあれは『ドッキリ』の類いで、部屋に足を踏み入れるなり、だれかが大成功のプレートを持ってやってくるのでは、などというほぼあり得ない期待を抱いたりもする。

「おはようございます……」

勿論、エレベータを降りてオフィスフロアに向かい、小さな声で周りに朝の挨拶をしつつ自席についたところでも、なにも起こらない。部屋の中は重苦しい空気が漂っていて、皆の表情からは一様に不安の色が見て取れる。

やがて、システムエンジニアリング部の朝礼が始まった。心なしか、いつもより空席が目立つ。

事業部長は臨時会議ということで席におらず、代わりに部長が訓示を行ったが、買収やサービスの統廃合の件には不自然に触れず、健康診断の受診申し込みや、経理への書類提出締め切り日などの事務的な連絡に終始した。

それがかえって不気味で、朝礼が終わったあとも、フロア内は妙に静まりかえり、キーボードを叩く音だけが響き続ける。

営業部門の同期から聞いた話だと、顧客には、今日の朝一から順次、経営統合に関して説明をすべく、アポを取り始めているということだった。

蒼真もパソコンに向かい、心を無にしてサービス統廃合に関するToDoを作り始める。

やるべきことは二つ。

一つ目は、自分が進めていた新サービスの開発中止について。まだサービス化されていないものだから、協業ベンダーに対して開発中止を説明するドキュメントを作ればいいだけだ。

問題は二つ目。自社アプリ「もぐもぐ出前屋さん」のクローズだ。終了といっても、そのままアプリを閉じるのか、他のサービスに売却、統合するのとでは、全然作業工数が違うし、それによって、パートナー企業や、配達員に登録しているスタッフに説明する内容も異なってくる。

ここの進め方はチーフの泉と話をして、今後の方針を決める必要があるが、彼女は、まさにこの件で、関係部署と打ち合わせ中だ。戻ってくるまで待つしかない。

やがて昼休みになり、蒼真は、ときどき一緒に昼を食べる隣のチームの同期である安田に声をかけた。ちなみに金曜日に正体無く酔っ払った蒼真を電車に乗せてくれたのは彼だ。もし、彼がタクシーに放り込んでくれたなら、光莉と再会する羽目にはならなかったはずなのだけど……。

「ああ、わりぃ。今日はちょっと無理……」

安田は顔の前で片手を掲げてごめんのポーズを取りつつ、そっとスマホの画面を見せてきた。そこにあったのは、転職エージェントからのメールで、昼休みに簡単に三十分、電話面談したいというものだった。

「まあ、こうなった以上、いろいろ情報交換しようや」

「だな……」

となると仕方がない。

蒼真は一人で、オフィスビルを出て、ランチ営業中の居酒屋へ入る。

このお店は大通りから一本奥に入ったところで、かつ、地下にあることから客もそれほど多くなく、ゆっくり一人で過ごすには快適だ。このご時世には珍しく、六百円の定食ランチというところも、お財布にやさしくて気に入っている。

生姜(しょうが)焼き定食を頼んで、奥の席に座ったあと、蒼真は深いため息をつきながら、タブレット端末を取り出す。

ディスプレイに映し出されたのは、光莉からファイルでもらった、ゲームの企画書。指でページを送り、光莉のイラストを眺めながら、蒼真は何気なく考える。

『絶望と救済のアクションＲＰＧ』と銘打たれているところから、このゲームは、イベントストーリーを読み進めながら、途中で発生するコマンドバトル方式の戦闘でより多くのポイントを稼ぎ、それでガチャを回してレアキャラを獲得するというオーソドックスな仕組みのようだ。

これを低コストで実現するにはどのようなアーキテクチャとシステム構成が最適だろうか。

業務用アプリとゲームアプリのシステム構成は、基本的なところはほとんど同じだから、慣れているアーキテクチャを転用出来るはずだ。

蒼真は、ディスプレイにホワイトボードを呼び出し、ペンを手に取る。

クラウドを意味する雲を描き、その中にシステム構(アーキテクチャ)造を記載する。サーバーサイドは使い慣れているアマゾンウェブサービス（AWS）でいいだろう。ユーザーからのアクセスが殺到し、トラフィックがバースト（跳ねた）した際の自動拡張（オートスケール）の実装方法についても基本的なパターンが出来上がっているから調べやすい。ただデータベースの選定は要一考だ。使い慣れたMySQL（マイエスキューエル）などのリレーショナルデータベース（RDB）がいいかと思ったが、ゲームの場合ユーザーがリアルタイムで共闘するレイドバトルなどがあれば、同期処理の実装について考慮する必要がある。とすると、インメモリキャッシュサービスのDBを検討した方が……。

「……って……」

蒼真はそこで手を止めた。

一体、自分はなんの資料を作っているんだ？

どうして、参加する気もないゲーム制作のシステム構成図を描いている？

数日以内に、タイミングを見て、お断りのメッセージを送る予定はかわらないのに。

「どうかしてるよな……」

苦笑いをして、タブレットをしまう。

これはあれだ、エンジニアの性（さが）というやつで、ついつい実装方法を検討してしまう悪い癖が、出ただけだ。

そう自分に言い聞かせたところで、ちょうど、目の前に生姜（しょうが）焼き定食が運ばれてきた。

さて、午後も資料作りに精を出さなければ、と、蒼真は割り箸を手に、味噌汁（みそしる）をすする。

土曜日に光莉が作ってくれたしじみの味噌汁は、結構美味しかったよな、なんていうことをぼんやりと考えながら。

5

二月二十五日、金曜日の午後。

蒼真は、開発チーフの泉由佳やフィーエンス社の営業担当者とともに、品川にある大口取引先である、大手空調設備会社・帝国エアーエッジ社に訪れていた。目的は、蒼真が面倒を見ていた生産管理システムの終了と、フィーエンス社が提供する同様のサービスへの切り替えに関する説明。

二月の頭に障害を発生させ、蒼真が謝罪訪問をしたばかりということもあり、顧客の担当者からはきつい言葉が飛んでくるかと覚悟していたが、その反応は拍子抜けするほどあっさりしたものだった。

こうなった以上は仕方がない、むしろ、担当者である蒼真には今までだいぶきついことを言ったと思うが、都度、誠実にきちんと対応してくれていたので感謝している。あとはフィーエンス社が責任を持って移行作業をしてくれれば、会社としてはなにも言うことはない、ということで、一切紛糾することもなく、打ち合わせは一時間ほどで終わった。

エアーエッジ社のオフィスビルを出たところで、時刻は午後四時半を過ぎていた。

次のクライアントのところに向かうというフィーエンスの営業担当者と別れたところで、泉は腕時計にちらりと目をやりつつ尋ねてきた。

「天海くん、この後、なにか予定はあるかい？」

「いえ……。特に……」

打ち合わせも無事終わった上に、先日、「出前アプリ」もサービス統合ではなく、廃止という方針が決まったことにより、乱暴に言えばデータを全部消せばいいだけになってしまい、システム担当としてはほとんどやることがなくなってしまった、というのが率直な状況だ。

「そうか。それなら、どこか店に入って、今後について簡単に打ち合わせしよう」

言うなり、足早に歩き始めた。

泉チーフが外で打ち合わせなんて珍しいな、と思いながらついて行く。

品川の高層ビル街から大崎方面に歩きながら、蒼真はスマホのスケジュール帳を見つつ、光莉のことを思い出す。

回答期限は明日なのに、まだ断りのメッセージを送れていなかった。

文面は出来上がっているものの、送信ボタンを押す直前になるとどうしても指が止まってしまうのだ。

光莉の悲しむ顔が思い浮かんでしまい、後で送ろう、と考えているうちに、ずるずる今日になってしまっていた。

とはいえ、もうリミット直前だ。

彼女からも催促のメッセージが来ているし、いい加減、返した方がいいだろう。

そんなことを考えているうちに、ふと気づくと、いつの間にか品川駅前を通り過ぎていた。

打ち合わせでコーヒーショップに入るには、ちょっと歩きすぎじゃないか、と訝しむ蒼真をよそに、泉は飲み屋が軒を連ねるエリアへと足を進めていく。

そして、一本路地裏に入り、のれんの掛かった小さな店の前で立ち止まった。

「この店にしよう」

「……えっと、ここって……」

どう見ても居酒屋というか、小料理屋というか。

蒼真の戸惑いをよそに、彼女がのれんをくぐると、奥から愛想の良い女将さんが出てきて、二人を奥へ案内してくれた。

通されたのは個室の座敷。

テーブルを挟んだ向かい側に座った泉は、ちらりと腕時計に目をやり、

「五時をまわったね。業務時間は終了だ」

そう言って、女将さんに瓶ビールを頼む。

ますます彼女の意図がわからなくなる。

今回の買収劇について、気を遣ってくれるということはわかるのだけど、なんで居酒屋なんだろうか。機微な話をするときは、いつもの彼女だったら、会社の会議室を使うのに。

やがて女将（おかみ）さんが、ビールと自家製だという豆腐のお通しを運んでくると、互いのグラスにビールを注ぎ、乾杯。

苦い液体が喉を通り過ぎていく。

と、唐突に泉の顔が微（かす）かにゆがんだ。

居住まいを正し、蒼真の顔を正面から見ると、いきなり深々と頭を下げた。

「今回の件は、本当に申し訳ない。私の力不足だ。どう謝ったらいいか、言葉も見つからない」

「……い、いえ！　やめてくださいよ！　チーフが謝ることじゃないですから！」

こんなの、経営レベルの話だ。事業部長や部長から言われるならまだしも、チーフには関係がない。

慌てて立ち上がろうとした蒼真を制して、彼女は首を横に振る。

「いや、自分もこの会社で七年以上働き、管理職の末席にいる以上、今回の事態を招いた責任の一端はある。前途有望な君のような若手社員にいらぬ不安を与えてしまった」

蒼真は言葉を返せず、部屋の中に沈黙が落ちる。

心なしか苦みの増したビールを飲みながら、蒼真は泉がこの部署にやってきたときのことを思い出す。

泉は一年半前に、営業部から異動してきた。営業にいたとはいえ、彼女の技術力はエンジニアリング部の中でも断トツであり、当時、炎上しかけていた複数のプロジェクトを瞬く間に消火してしまった。

それに加え、社内外との調整力も抜群だった。はっきり物を言うタイプではあるが、なにかを主張するときにも、相手のメンツを潰さない言い方が上手かった。

当時、入社三年目で、現場のことを考えない管理職とこの会社に失望しかけていた蒼真は、そんな彼女の仕事ぶりに感銘を受け、彼女を目標にもう少しこの職場で頑張ってみようと思うようになったのだ。そして、彼女もまた、蒼真を目にかけて色々なことを教えてくれた。

と、泉が、料理を運んできた女将さんに日本酒を頼みながら、蒼真にも飲むか？　と尋ねてきた。いただきます、と答えながら、先輩ってお酒に強い方だったっけ？　と疑問に感じる。

お刺身にはやっぱり辛口の日本酒があうな、などということを考えながら、お猪口を口に運んでいたときだった。

「さて、我々は、これからどうするのか、だ」

彼女がぽつりと言った。

思わず身体を固くする。

「こんなことを管理職である私が言うのは気が引けるが、事実は直視する必要があるだろう。

我々は、今後、このままこの会社に居残るか、あるいは外に出て行くかの選択を迫られることになる。そして、経営に近い層は、事実上、選択権がない状況になる」

一気に酔いが冷めていくような気がした。

サービス終了のことばかり考えていたが、蒼真もそろそろ身の振り方を考えないといけない。

隣のチームの同期である安田も既に転職活動を始めている。

「その一方で、若手で、かつスキルもある君なら、どちらを選んでもやっていけると思う。ただ……」

珍しく言いよどむ泉。

ややあって、意を決したように続ける。

「……ただ、日本における企業買収の多くは、買収された側の会社が不幸になるケースが多いのが実情だ。フィーエンス社については、そうだな……、正直、いい話は聞かない。元々がオーナー企業ということもあり、買収先を下に見る傾向があるらしい。以前、買収されたところは、一年後には社員の過半数が辞めていたということだ。勿論、中には親会社の経営陣の信頼を得て、上手くやっている人もいるだろうが、社内政治力が必要だ」

同期の安田が言っていたことを思い出す。

彼は、買収されて『子会社』になったところの社員は、虐げられる運命にあるのさー、と冗談めかして言っていたが、泉が言ったのと同じような情報を仕入れて、さっさと行動に移したということなのだろう。

「だから、私としては、もし君になにかやりたいことがあるのなら、君自身のキャリアアップを考え、新しい職場に移った方がいいと考えている。……もちろん、私の立場でこんなことを言うと、退職勧奨のように聞こえるかもしれないが、そういう意図は全く無いことは信じて欲しい」

「いえ、それはもちろん、大丈夫ですが……」

彼女は小さくうなずいて続けた。

「私としては、君くらいの力があれば、外資やベンチャーといった実力主義の環境でもやっていけると考えている。確かにリスクはあるかもしれないが、その代わりに得られるものも多いだろう。そういうところから声がかかったら、真面目に検討してもいいと思うがな」

「…………はあ」

蒼真は困惑する。

実際、声はかかっている。だが、あれはベンチャーとかいうレベルですらない。そもそも法人化もしていない以上、学生サークルとほとんど変わらない。そんなところに入るのは、リスクが大きいとかいう話以前に、無謀すぎる、というものだろう。

と、泉が猪口（ちょこ）グラスを静かに置くと、真正面から蒼真の目を見つめて言った。

「なあ、君は、今、ちゃんと自分がやりたい仕事はやれているのか？」

「…………え？」

「もちろん、仕事である以上、やりたいことだけやれるというものではない。だが逆に、仕事だから、やりたいことをやれなくても仕方ない、と最初から諦めるのもまた違うと思う。もし、今、君の目の前に本当に自分がやりたいことがあって、ただ、リスクが大きいというだけで手を出さないというのなら、その考えはすぐに改めた方がいい」

「……本当にやりたい、こと……」

蒼真の頭に、光莉からもらった企画書が思い浮かぶ。

企画書に書かれた彼女の絵がどうしても頭から離れず、暇を見つけてはシステム構成図やデータベースの設計図を書いてしまっていた。ただ、それはあくまで頭の体操をしているに過ぎないのだ、と自分に言い聞かせていた。

だけど、本当のところは蒼真自身もわかっていた。

自分は、このゲームに魅せられつつある、と。

ここ数日、光莉に何度も断りのメッセージを送ろうとしたものの、何故か送信ボタンを押すことが出来なかった。彼女の悲しむ顔が思い浮かんだというのもあったが、本当に断っていいのかという葛藤があったからだ。

いや、だけどそれは破滅への道ではないか？　そんな選択をする奴は、まともじゃない。

「おっしゃることはわかります。ただ、挑戦と無謀は違うのではないでしょうか？　日本に進出したばかりの外資や、ベンチャーの中には、明らかに無謀というものもあると思います」

「そうだろうか」

泉が語気を強めて言った。

「もちろん、事業計画が甘いベンチャーや外資はある。だが、そこにある程度のビジネス経験がある君が入ればどうなる？　君が一からチームを作り、組織全体の採算を考え、プロダクトをリリースし、事業を成長させればいいだけじゃないか？」

「…………！」

「そして、それは君自身のためにもなる。普通では得がたい経験は、君の血肉となって、とんでもなく貴重なビジネススキルになるからだ。いつも言っているだろう？　エンジニアは技術だけやっていればいいわけじゃない。エンジニアとして生き残るためには常に顧客の視点に立ち、ビジネススキル全般を磨け、と。結果、たとえ、この先なにが起ころうと、君は生きていくことが出来るだろう」

彼女の真剣な目が、蒼真の目を射貫く。

目をそらすことが出来ない。

「それに、天海くん。この市場環境の変化が激しい世の中において、なにが一番のリスクか知っているか？　それは――、なにもしないことだ」

「…………」

蒼真は雷に打たれたかのように、その場から動けなかった。

膝の上に置いた両の拳が、無意識に握られていく。

ややあって、泉は表情をやわらげ、珍しく気恥ずかしそうな笑みを浮かべる。

「悪いね。君の人生なのに、好き勝手言い過ぎた。まあ、これは、あくまで私の個人的な意見だ。君は君自身のやりたいようにやればいい」

「………はい」

身体の奥が、熱を帯びている。

心臓が早鐘のように鳴っている。

熱は力強い血潮に乗り、蒼真の全身を駆け巡り始めている。

「さあ、真面目な話はここまでだ。折角だし、今日は飲んでほしいな。君には日頃、色々助けてもらっているからな」

「ありがとうございます……！」

泉が傾けてきた徳利の前に、お猪口を差し出した。

二人だけの「打ち合わせ」は、午後八時にはお開きとなった。とはいっても、五時から飲み始めたので、三時間は飲んでいたことになる。

東海道線に乗る泉とは駅のコンコースで別れた。彼女にしては珍しくアルコールに顔を赤く染めていたものの、足取りも口調もしっかりしており、帰りは特に心配なさそうだった。

泉の姿が改札の向こうに消えると、蒼真はスマホを取り出し、チャットアプリから、光莉の名前を呼び出した。

少し酔っていたが、頭の中は驚くほど明瞭だった。

そして、アプリのメッセージ欄に入力する。

『プロジェクト参加の件、熟慮いたしました。

謹んで、おうけいたします。

これからどうぞよろしくお願いいたします』

いや……、固すぎるか。

光莉相手だから、もう少し柔らかくするのがいいだろう。

ちょっと考えて、メッセージを打ち直そうとしたとき、ぶるり、と端末が震え、彼女からのメッセージが届いた。

『そーまさん、やっぱり、あたし、どうしても、そーまさんに来て欲しいんです!

明日、会えませんか?

それと、新しいイラスト、今、描きましたのでお送りします』

続いて送られてきたのは、光莉が描いた、ティザーイラスト。

思わず笑みがこぼれた。

それは、神々に立ち向かう少年少女たちの、休息。

地下にもうけられた司令室に持ち込まれた、大きな木製のテーブルに、山のようなご馳走と飲み物が並べられ、その周りで、くつろいだ表情の彼、彼女たちが思い思いに過ごしているパーティの場面だ。

そんな中、制服姿の一人の少女が、こちらに向かって手をあげて、笑顔でなにか呼びかけている。

その少女がなにを言わんとしているかは、すぐにわかった。

蒼真はスマホにメッセージを打ち込む。

『あれから、色々考えました。是非、スカイワークスの一員に加えてください!!』

自然と、笑みがこぼれた。

蒼真は、大きく深呼吸をし、送信ボタンを押すと、山手線に乗るべく、帰宅ラッシュで混み合う階段を下りていった。

第2章

CAPTER 02

社畜は「出来ない理由」を探さない。

1

土曜日の午前十時過ぎ。

朝食を終えた蒼真がシンクに食器を下げているときに、玄関のチャイムが鳴った。

おそらく光莉だろう。昨晩、スマホで、ゲーム制作に参加すると伝えた直後、即、大量の歓喜スタンプとともに、

『明日、午前中にそっち行きます！　めっちゃ打ち合わせしましょう！』

という返事が来たからだ。

鍵を開けて、ドアを押し開き、

「はい、おつかれさ……」

「おはようございます！　白猫引っ越し便です！」

「…………へ？」

目の前にいたのは、引っ越し会社のロゴが入った緑の作業着を着た、二人の男性。

「早速、お荷物を入れさせていただきます！」

彼らはそう言いつつ開け放したドアを固定し、持ってきたブルーシートで壁や床の養生を始めてしまう。

「ちょ……、ちょっと、あの、部屋、違うんじゃ……⁉」

かすれた声で作業員たちに声をかけたとき、

「そーまさん、おっはようございますー！」

ひょこり、とドアの向こうから、光莉がピースサインを出しつつ顔を覗かせた。

「は、羽白さん……！」

今日の彼女は私服で、胸元が大きく開いたVネックのニットセーターに、ボトムスはデニムという組み合わせ。

彼女は踊るように体を半回転させて玄関に入ってくると、混乱している蒼真の両手を取り、ぶんぶんと上下に勢いよく振りはじめた。

「ようこそ！　クリエイティブユニット・スカイワークスへ！　あたし、今、めっちゃ感激してます！　これから頑張っていきましょうね！」

それから、頬をやや赤く染め、蒼真の顔を見上げて、少し遠慮がちに言った。

「あ、あと……、これからはチームメイトってことで、お互いにタメ語でいい……かな……？」

「そ……、それは別にいいけど……」

わけもわからず圧倒された蒼真がそう答えた途端、彼女はパッと花が咲いたかのように破顔し、

「やったー。あと、ついでに、あたしのことも光莉って呼び捨てで！」

「へっ……⁉」

と、積み重ねた段ボールを手にした作業員が、光莉に声をかける。

「お客様ー、こちらのお荷物はどこにお運びしましょうか！」

「あ！　その箱は一番奥の部屋にお願いします！　とりあえず全部積み上げちゃってください！　あとでこちらで開けるんで！」

その言葉で我に返った蒼真は慌てて彼女の手を振りほどき、泡を食って尋ねる。

「いやいやいや、ちょっと待って！　これって一体どういうこと⁉　状況が全く理解出来ないんだけど！」

「ふっふーん。ゲームの制作機材一式だよっ！　パソコンとかペンタブとか、あたしの作業用デスクとか！」

「いや、だから、羽白さん、なんでここにそんなものを……」

「光莉って呼んで欲しいなー」

「え、えええと……、じゃあ、光莉……さん、とか？」

「ええー。さん付け？　まあ、とりあえず、今はそれでいいかあ」

「じゃなくて……！　なんで僕の家に光莉さんの荷物が運ばれてきているわけ⁉」

にっ、と八重歯を見せつつ、蒼真に指を突きつけてきて言った。

「実は、クローズドベータテストの開始まであまり時間がないの。だから、超特急で作るために、あたし、今日から、この家でそーまさんと一緒に作業することに決めたってわけ！　すなわち、今からここはスカイワークスのオフィス！」

「……え？」

そして、彼女はいたずらっぽい表情になって続ける。

「異議は認めないよ？　だって、そーまさんはあたしの社畜になったんだから！」

「…………」

頭が混乱する。

それから彼女は、二の句がつげなくなってしまった蒼真をよそに、運び込まれた大量の段ボールを開けていく。

「そーまさんっ！　これ、修羅場の会社って感じで、気分、ちょーあがるー！」

次々に取り出される制作機材を前に、蒼真はその場に呆然と突っ立っているしかなかった。

作業員が帰った一時間後には、蒼真の二DKの家は、小規模オフィスに様変わりしていた。

かつて元カノが使っていて、さっきまで物置だった部屋には、今や彼女が持ち込んだ幅広デスクや作画機材が置かれ、資料が目一杯詰め込まれた本棚まで据え付けられてしまっている。

とはいえ、これでもまだ荷ほどきは全部終わったわけではないらしく、部屋の隅には複数の段ボールが積まれたままだ。

蒼真は未だに状況が理解出来ない中、床に置かれた小型のテーブルを挟んで、光莉と向き合って座っている。

「それではこれからオフィスの開所式ならびに、スカイワークスの定例ミーティングを始めます！　はい、拍手ー！」

「はあ……」

光莉が小さな手でパチパチと拍手をするのにつられて、蒼真も手をたたく。完全に流されっぱなしだ。

「それじゃ、現状の報告ということで、今、描いているカード用のイラストを見せるね！　なにか気になることがあったら、びっしばし言ってほしいな！」

そう言って、光莉はテーブルの上に置いたタブレットに、現在、作業を進めているラフ絵を呼び出す。

黒い頭巾をかぶり、口元を布で覆ったアサシンの少女が、両手にダガーナイフを持って跳躍している。

「…………！」

ラフとはいえ、強い意思を感じさせる瞳の描写に、蒼真は思わず息を呑んだ。やはり、彼女の絵は人を惹きつける力を持っている。

「とてもかっこいい」

「でしょでしょー！　褒めてもらえてとってもうれしいー！　この子、無口で無表情なんだけど、実は双子の姉を殺した相手に復讐するために生きているってのが、あたし的には超推しポイント！」

光莉は、興奮気味に話しつつ、タブレットをスワイプさせていく。

「それで、この子の次にどのキャラの絵を描くか、ということを決めなくちゃいけないんだけど……。そうだ！　折角だから、そーまさんが好きなキャラを描こうかな！　そーまさん、選んでよ！」

「…………ん？」

タブレット上に表示されたキャラ表を見せられつつ、蒼真は違和感を覚える。

ゲーム素材って、そんな好きな順番に描いていいんだっけ……？　というか、さっき、CBTまであまり時間が無いって言っていたような。

CBTとは、オンラインゲームの正式リリース前に、応募してくれたユーザーにテストプレイをしてもらい、課題の洗い出しなどを行うことだ。テストとはいえ、お客さんにプレイをしてもらう以上、作品の評価にも直結するし、中途半端なものはリリース出来ない。

「あのさ、ちょっと聞きたいんだけど……」

「なにー？」

「このキャラの中で、優先的に描かなくちゃいけないキャラ……、つまり、CBTまでに早く実装しなきゃいけないキャラっていうのはどれ？」

光莉は頬に指を当てつつ、視線をやや上に向けて答えた。

「うーん。それは特に決めていないよ？　設定が上がってきた子の中から、あたしが早く会いたいって思った子から選んでいるだけだし」

やはり……。

蒼真は自分の顔が微かに引きつるのがわかった。

おそらく、制作スケジュールや、やるべきタスクの洗い出しをちゃんとやっていないのだろう。なにかを作るのに、無計画に事を進めて、どうにかなるというものではない。これは、あまり良くない状況だ。

プロジェクトへの参加を決めた以上は、気づいたリスクをきちんと相手に伝えなくちゃいけない。ビジネス経験がある自分に求められているのは、そういう役割なはずだし。

とはいえ、それを伝えて、彼女のやる気に水を差してしまったら？

年齢差もあるし、上から目線に受け止められるかもしれない。

「あれ、どうかした？」

光莉が不思議そうな表情で、蒼真の顔をのぞき込んできた。

宝石のような大きな瞳に見つめられ、どぎまぎする。

「え、いや……、そのっ……」

「言いたいことは言っちゃってよ！　あたしたちの間では、遠慮とか一切なしってことで。そのためにもタメ語ってことにしたんだし！」

「そ、そう……。それじゃあ……」

蒼真は慎重に言葉を選んで、口を開く。

「まず、CBTの開始って、いつの予定なの？」

「ええとね、今のところ、今年の十一月の頭」

「そっか……。とすると、今日が二月二十六日だから、残り八ヶ月。確かにそんなに時間はないということか」

「うん。あと、出来ればプロトタイプ版を五月には作りたいな。スポンサーに見せる必要があるし」

さっき、光莉が、超特急で作らなくちゃいけない、と言っていたし、余裕がないという認識が共通なことに、少しほっとした。

「光莉さんが絵を描くスピードが速いのはわかるし、今まではそれで問題なかったかもしれないけど、スケジュールはちゃんと組んだ方がいいかな……」

途端、光莉がバツの悪そうな顔をして、頰を指で掻いた。

「あはは一。自覚はしているんだけど、どうしても後回しにしちゃって」

「うん。スケジュールを立てるのはなにも進捗管理だけが目的じゃないんだ。大事なのは、タスクの抜け漏れを防いだり、作業の優先度を決めることだったりする」

「ん………」

意味がわかりにくいのか、光莉は眉間に皺を寄せて、難しい顔をしている。

「そうだね。たとえば、僕が今、気になったのは、さっき光莉さんが描いていたカードイラストにもあった『背景』のこと。ストーリー画面でも、背景画面を用意しなくちゃいけないと思うんだけど、いつまでに、どういったものを、何枚用意しなくちゃいけないかって、決めている?」

「…………あ」

光莉が口をぽかんと開けたまま固まってしまった。

「背景には、差分も必要になると思う。朝なのか昼なのか夜なのか。天気は晴れか曇りか雨か。それによって必要枚数はまた変わってくるし」

「あ、あの……」

彼女の顔が、みるみる青ざめていった。

「どうかした……？」

「あたし、キャラの立ち絵までは考えていたけど、背景のことは全く頭になかった……！」

と、いきなりテーブル越しに身を乗り出してきて、蒼真の右手を両手でぎゅっ、とつかんできた。

「うわっ⁉」

「そーまさん、どうしよう、どうしよう！　多分、すんごい枚数があるんだけど、今からやって間に合うかな⁉　というか、あたし、キャラ絵に比べて、背景の方はちょっと時間かかるし……！」

眼前に迫った彼女の顔に、思わずのけぞる。大きな瞳の端に、うっすら涙まで浮かべている。

「ま、まずは落ち着こうか」

「う、うん……」

半べそになった彼女を座らせ、蒼真は大きく息を吸う。問題が起こったときほど、冷静に対応することが必要になる。ここは実戦での経験がある自分の出番だ。

蒼真は光莉を安心させるように、意識して落ち着いた声で言った。

「大丈夫だよ。むしろ、この段階で抜け漏れがわかったのはラッキーだと思う。ここから立て直せばいいだけだ。そのために僕がいるんだし」

光莉はごしごしと目をこすり、こくりとうなずく。

「まず大事なのは、『アセット』……つまり、作らなくちゃいけないものを、必要な数量と一緒に、全部洗い出すこと。その上で、現状がどうなっているかの把握。そうすると打ち手が見えてくる。絶対に慌てちゃいけない」

そして、蒼真はA4のコピー用紙を数枚、テーブルの上に置いて言った。

「手間かもしれないけど、ここに書き出してくれるかな？」

「うん、わかった！　やってみるね！」

光莉が腕まくりをし、ボールペンを手にしたところで、ふと、その手を止める。

それから、蒼真の目を見て言った。

「あのさっ！　提案があるんだけど！」

「ん……？」

「これから、みーちゃんに会いに行かない？　ここ、すんごく大事なところっぽいから、みんなでやった方がいいかなって思って！　そーまさんも紹介したいし！」

みーちゃん、というのは、光莉の相方で、このゲームのシナリオを書いているライトノベル作家だということは、この前、教えてもらった。

確かにそれは光莉の言う通りだ。蒼真もうなずく。

「もちろん。僕も参加させてもらう以上、早めに挨拶したいと思っていたし」

「わかった！　今、時間あいているか確認してみる。ちょっと待ってて！」

光莉がスマホでメッセージを送った数十秒後、

「返事来たよ。今、駅前のファミレスで原稿書いているからそこに来てほしいって」

そう言いながら光莉が立ち上がったところで、もう一度、彼女のスマホが震えた。

「あっ……、『ついでに、光莉が連れてきた人、品定めさせてもらうから』だって。あはっ、みーちゃんらしいな。めっちゃうけるー」

「……ええ？」

どういう相手なんだろう、という蒼真の戸惑いをよそに、光莉は「早く行こうよ！」と小走りに玄関に向かっていった。

2

ライトノベル作家・望月海築——本名、穂村美月が打ち合わせに指定した場所は、この前、蒼真が光莉と出会ったのと同じ、駅前のビルの二階にあるファミレスだった。

光莉によれば、二人で集まっての作業や打ち合わせは、いつもこのファミレスでやっているということだった。

店に入って左奥、四人がけのテーブル席。蒼真と光莉が並んだ向かい側に座った、長い黒髪が印象的なワンピース姿の少女は、先ほどからずっとノートパソコンのキーボードを叩いてい

た。

　雪のように真っ白な肌に、黒曜石を思わせる双眸。

　光莉が洋なら、彼女は和。まるで床の間に飾っていた日本人形が動き出してきたかのようだ。なんというか緊張感がすごい。他人を寄せ付けない空気というか。

　光莉によれば、高校では生徒会の副会長を務めているということで、さもありなんという感じだ。

　五分ほど経ってキーボードの音がやんだかと思うと、美月は、ふう、と小さなため息をついてパソコンを閉じる。

「お待たせ」

「ううん。急にごめんねー。ほんと、助かったー！」

「光莉からの依頼だし、別になんとも思ってないわ。それよりも……」

　視線を蒼真に向けると、微かに目を細めた。

「ふーん。こちらがシステムを組んでくれるという方？」

「は、はい、天海蒼真です。よろしくお願いします」

　冷ややかな声に、思わず身がすくむ。

「こちらこそお願いします。まあ、光莉が選んだ以上、大丈夫だとは思っていますけど、中途半端な仕事をしたら絶対に許しませんから」

「…………」

凍るような視線を向けられ、全身が総毛立った。

「みーちゃん、あたしたちの中では、お互いに敬語はやめようって話にしたの！　ということで、以後、よろしくー」

美月の眉間に皺が刻まれ、小さなため息の後、

「まあいいわ。私としてはそっちの方が遠慮せずにいろいろ言えるし」

「はは……」

思わず乾いた笑いが漏れてしまう。

なんか、すごく怖い。帰りたい……。

「それで、相談したいことってなにかしら？」

彼女がテーブルの上で両手を組み、鋭いまなざしを向けてくる。

蒼真は一瞬、ためらったものの、ここは自分が説明した方がいいだろうと覚悟を決め、口を開く。

「ええと……、今回、光莉さんの誘いでプロジェクトに参加させてもらうことになって、いろいろ企画書を読み込んだり、現在の進捗状況を光莉さんに確認させてもらったりしているんだけど……」

「前置きはいいから、本題に入って」

ぴしゃりと言われてしまい、思わず身をすくめる。

「は、はい……。わかりました」

敬語に戻ってしまった。

なぜだろう。年下なのに、怖い上司と話しているような気がしてきた。

緊張した面持ちで、彼女にも光莉にしたのと同じ説明をした後、ややあって、美月は腕組みをして言った。

「まあ、あなたの言うことはもっともだわ。なにごとも計画的に進めることは大事。勉強でも生徒会活動でもそう。第三者の資金提供を受けた営利事業となれば言うまでもないわ」

良かった、理解してくれたと、蒼真はほっと胸をなで下ろす。

と、彼女はおもむろに再びノートパソコンの画面を開くと、こちら側に向けながら言った。

「だから、すでに私の方である程度は作っているの」

「え、みーちゃんいつの間に⁉」

「一月ほど前からね。光莉がイラストをあげてくる速度に合わせて、スケジュールもある程度書いている。もちろん、さっき言ってた背景画像のことも考慮済み。場合によっては、以前、光莉が紹介してくれた友達のイラストレーターさんに相談しようと考えている」

光莉と蒼真は、画面をのぞき込み、彼女がエクセルで作ったというタスク一覧表とスケジュールを見る。

これは……。

蒼真が息を呑む一方、美月は長い髪をかき上げて言った。

「どう？　まだ決まっていないことはあるけど、だいたい問題はないんじゃないかしら。というわけで、天海さん、だったっけ。あなたは余計な心配をせず、ゲームをスムーズに動かすためのシステム作りに専念してくれればいい。私たちが必要としているのは、私たちのゲームをスムーズに動かせるエンジニアだけだから」

「ちょっとごめん……」

蒼真は、美月のパソコンのキーボードに手を伸ばし、画面を横にスクロールさせて、もう一度書いてある内容を確認する。間違いない。

そして、恐る恐る彼女に問いかける。

「あのさ、ここに、『必須』って書いてある内容なんだけど」

「なにかしら？」

「『立ち絵とスキル発動時の3Dアニメ。モーションキャプチャーにて五十キャラ分制作』……って、なにかの間違い、だよね……？」

指で示した文字列を見るなり、美月がなにを言うのか、と冷ややかな視線をこちらに向けてきた。

「書いてある通りよ。それはこの作品の肝だから」

「うん！　めっちゃあってるよー！　やっぱ3D作るなら、モーキャプじゃなくちゃって！　売れてるVtuberさんたちもモーキャプ配信やってるし！」

　光莉にも無邪気に笑って返されてしまった。

　蒼真の希望はあっけなく打ち砕かれ、肩を落とし、頭を垂れる。

　その表情に気づいた光莉が慌てたように顔をのぞき込んでくる。

「って、そーまさん、どうしたの⁉　これって、なにか問題でもあったりするの⁉」

「うん……。大問題、かな……。モーションキャプチャーは諦めた方がいい。いろんな意味で無理」

　その場に、沈黙が落ちる。

「光莉、ちょっといいかしら？」

「ん？」

「この人、クビにしましょう」

「……へっ⁉」

　光莉が驚きのあまりジュースのコップを倒しそうになり、慌てて両手で押さえる。

「み、みーちゃん、ダメだよ！　そーまさんは、折角、あたしたちのためにいろいろ考えてくれているのに！」

「前向きな検討も一切せずに、いきなり否定したからよ。出来ない理由ばかり考える人なんてこのプロジェクトにはいらないわ」

好き勝手言われているのを耳にしながら、蒼真はなにから説明すべきだろうか、と頭を悩ませた末に、ストレートに伝えることにする。

「とにかく、お金が、全く足りないと思う」

「そうなん……？」

きょとんと首を傾げる光莉。腑に落ちていないようだ。

「そもそも、この仕様で本当にやるとして、いくらかかるか知っている？」

美月が眉尻をあげ、不機嫌そうに言った。

「当然、それくらい調べたわ。個人で配信しているＶｔｕｂｅｒに聞いたら、今はソフトだけで年額三十万円あれば十分足りるということだったの。あと、アクターについては、スキル発動時のアクション含めて、知り合いの劇団の人達に頼むし、私たち自身でやるから、謝礼を含めても費用はそれほどかからない。光莉はカンフーアクションが得意だし、私も柔道は黒帯で、剣道は三段」

射殺されそうな視線に、蒼真は声が震えそうになるのを必死に抑えながら尋ねる。

「あの……、そのＶｔｕｂｅｒさんだけど、もしかして、配信はいつも上半身だけじゃないかな？」

「言われてみれば、そうだったかしら。でも、それがどうしたの？」

「僕も詳しくはないんだけど、上半身だけをトラッキングするのと、全身までトラッキングするのとでは、かかるお金の桁が違うとか」

美月の表情が固まり、カンフーアクションのまねごとをしていた光莉が両腕を宙に掲げたままぴたりと動きを止めた。

光莉が恐る恐る尋ねてくる。

「えと……、それって、どのくらい？」

「ちょっと待って。今、調べる」

テーブルに置いたタブレット画面を全員でのぞき込む。

――映画やゲーム制作用途での、フルトラッキングでの全身モーションキャプチャーを行う場合、専用機材を揃えたスタジオを借りるのが一般的です。費用としては、スタジオ利用料として一時間十万円程度が相場であり、その他にモーションアクターやエンジニアへの報酬が発生します。

「…………あぁ」

美月は小さく、かすれた声を発すると、ディスプレイから目を離せないままで固まってしまい、

「いちじかん、じゅうまんえん……？」

光莉は蒼真の顔に向けた目を瞬かせている。

「えーと、たとえば、一キャラにつき、喜怒哀楽の立ち絵と、スキル発動時のモーションを最短八時間で撮って、それが五十キャラ分となると、合計四〇〇時間。費用にすると、四千万円。予算総額が八千五百万円だから、これだけで全体費用の半分近くを食い潰すことになる。で、これに専門エンジニアや3Dモデラーの報酬も考えると……」

美月の顔からはすっかり血の気が引いていた。

さすがに気の毒になり、言葉を選びつつ言う。

「というわけで、これは流石に難しいと思う。残念だけど、モーキャプについては諦めて、別の方法を考えるしか……」

光莉が寂しそうにうつむき、美月が視線を落としたまま力なく言った。

「そうよね……、これは私の落ち度、調査不足だわ。少し甘く考えていたと思う。ごめんなさい」

蒼真の胸の奥が微かに痛む。プロジェクトの炎上を防ぐために必要とはいえ、彼女たちのやる気をそぐ結果になったのは気が重い。

「いや、そんなに気に病むことじゃないと思う。物事を進める上で、想定外のことは往々にして起こるし。とにかく今は、別の方法を考えるしか……」

と、そこまで言ったところで、いきなり右腕をつかまれた。

振り向くと、光莉が必死な顔でこちらを見上げていた。

「なんとか、ならないかな？」

「え？」

「どうにかして、モーキャプを実現する方法だよ！　そーまさんの力を貸して欲しいの！」

胸の前に掲げた拳が、固く握りしめられている。

「そ、そんなこと言われても……」

気持ちはすごくわかる。

でも、いくらなんでも現実的じゃない。予算とやりたいことが全く釣り合っていないからだ。どんなプロジェクトでもそうだ。必ず予算には上限というものがあって、その中でなんとかやりくりするほかないのだ。

「モーキャプはね、みーちゃんが……、ううん、あたしたちが一番こだわっている部分だったの！　キャラに命を吹き込むことが出来るって、そう思って！」

光莉の頰が微かに紅潮している。濡れたような瞳が蒼真を見据え、長い睫が細かく震えている。

向かいに座った美月もまた、瞳の端を微かに光らせながら、唇をかみしめ、蒼真を正面から見据えてくる。

二人の少女を前にして、蒼真は言葉に詰まる。

挑戦と無謀は違う。どう考えても無理筋だ。

リストラが始まったとはいえ、正社員を辞めるという無謀な決断をした自分が言えることじゃないけど、チャレンジングなことをしているときこそ、慎重に判断しなくちゃいけない。さもなくば、すぐにゲームオーバーになってしまう。

だけど……。

「……わかった。ちょっと考えてみる」

途端、光莉と美月の目が、大きく見開かれた。

「スモールスタートとか、なんらかの落としどころは探らなくちゃいけないと思うけど、それでもよければ……」

ぽかんとしていた光莉の表情が、パッ、と花が咲いたかのようにほころんだ。

「そーまさんっ!!」

「うわっ!?」

光莉が、急に蒼真の右腕に飛びついてきた。

「ありがとう!! めっちゃ、頼りになるっ! ほんと、そーまさんに入ってもらって良かったぁ!!」

「えっと、その……」

彼女の柔らかいバストが腕にぐいぐい押しつけられ、気が気じゃない。

「私からも、よろしくお願いするわ。良い作品を作るために、蒼真さんの力を貸してほしい……ください」

美月が深々と頭を下げる。

「う、うん……」

蒼真もそれにつられてうなずくが、内心では正直、どうしようかと思っている。

光莉の懇願に負けてしまい、つい、考えると言ってしまったものの、現時点でなにか解決策があるわけではない。落としどころがあるかすらもわからない。いろいろ、調べるところから始めるしかないのだ。

その後は、今後の段取りを三人ですりあわせて、初回の顔合わせを終えた。

さしあたってやることとしては、美月が作った計画書一式を蒼真が精査した上で、五月のプロトタイプ制作、十一月のCBT開始にむけた、今後の制作スケジュールを確定させ、それと並行して、目下の懸案事項であるモーションキャプチャーの実現方法について蒼真を中心に検討していくこと。

ファミレスを出たときにはすでに夕方になっており、駅前の通りは買い物帰りの人たちで混み合っていた。

これからピアノのレッスンに行くという美月を二人で見送りながら、蒼真の頭の中は不安でいっぱいになる。CBT開始までは残り八ヶ月。そんな状況で、費用面でも大きな課題を抱えている現状。果たして間に合うのだろうか。とにかく今は前に進めるほかないのだが……。

3

夕食のテーブルには、カレーライスが二人分並べられていた。彼女のこだわりで、カレーには冬野菜であるブロッコリーが入れられている。

「ご飯の用意は、福利厚生の一環だよ！」という光莉に説得され、結局、今日も夕食を作ってもらうことにしたのだ。

テーブルの向かい側に座った光莉は、缶ビールのプルタブを開けると、

「ささ、グラスを手に持って！」

蒼真に促し、ビールを注ぐ。

それから、彼女はサイダーの入ったグラスを宙に掲げ、

「ゲームの大ヒットを祈願して、かんぱーい！」

グラスの重なる良い音を室内に響かせ、互いにごくごくと喉を鳴らす。

「ぷっはー、喉越しさいこー！」

光莉は口元についたサイダーの泡を拳で拭うと、わざとらしく息を吐く。

ビールを飲むみたいな仕草をしているけど、平気でアルコールを飲む子じゃなくて良かったと秘かに安堵する。

帰りに寄った生鮮スーパーで、光莉が、「そーまさん、記念にビールも飲むっしょ？　折角だからいいやつ選ぼうよ！」と言って、やや値段の高い『七福神ビール』を買い物かごに入れたこともあって、ずっとヒヤヒヤしていたからだ。

彼女が作ってくれたカレーもとても美味しい。市販のルーだけど、一手間加えて赤ワインを入れたとのことで、自分が作るよりもフルーティな味わいになっている気がする。

テーブルにつけた両肘の上に顎を乗せ、蒼真を見ながら尋ねてくる。

「ふっふーん、お味はどう？」

「うん、めちゃ、美味しい」

お世辞じゃなくて、心からそう答える。

「じゃあ、元カノさんのカレーとどっちが美味しいかな？」

「…………ぶはっ⁉」

思いっきりむせてしまう。

光莉からもらった水を飲み、背中を叩いてもらうことでなんとか落ち着く。

「ごめん、ごめん！　なんとなく聞いてみたくなっちゃって！」

あっけらかんと言う光莉。

「いや、まあ、比較は出来ないよねー。こういうのは愛がこもっている方が美味しいって相場が決まっているしー」

「…………」

　客観的に今日のカレーの方がめちゃくちゃ美味い、と言おうとしていたところだったので、言葉に詰まってしまう。

　システムエンジニア的には事実はありのまま伝えるのが正しいと思っているのだけど、もしかして、そういう建前を使えないところが、元カノ側から見てダメだったのだろうか、などということを考えてしまう。

　食後、光莉がキッチンで洗い物を始めたのを見て、さすがにそれは甘えすぎだからと半ば強引にスポンジを奪い取ったら、彼女はじゃあ代わりにと食後のコーヒーをいれてくれた。

「インスタントもいいけど、やっぱりここは豆から挽きたいよねぇ。……そうだ、明日、コーヒーミルを買ってくる！」

　などという彼女の独り言を聞きながら、いったい彼女は我が家をどこまでオフィス仕様に変えていくつもりなんだろう、と背筋が寒くなる。

「さて、と……」

　二人分のコーヒーをいれてテーブルに着くなり、彼女はタブレットを出して作業を始める。ちょっとした隙間時間があれば、絵を描き進めてしまう彼女のバイタリティには本当に感心してしまう。

　今、光莉が描いているのは、大剣を手にした巫女少女。代々、政府機関の庇護のもと、神々を鎮める役を担っていた家系に生まれたが、今は神々の暴走を止めるべく、主人公達とともに、『神殺し』に加わったというプロフィールだ。

　蒼真も自分のノートパソコンを立ち上げ、美月が作ったスケジュールを確認していく。もちろん、本職のプロジェクトマネージャーが作ったものにはかなわないけど、高校生とは思えないほどしっかりした作りだ。

　彼女の資料をベースに、蒼真は、クラウド上のＷＢＳ――ワーク・ブレイクダウン・ストラクチャーに落とし込んでいく。ＷＢＳとは、作業工程を細かい単位に分解し、線表に変換したもので、これを用意しておくことで、作業の抜け漏れが無くなり、プロジェクト全体の進捗具合が一目瞭然になるというメリットがある。

　懸案の背景画像については、美月が言うとおり、無理のない計画になっていた。

　具体的には、八ヶ月後にはじまるＣＢＴの段階では、制作する背景画像点数を最小限に絞っておき、その後、本運用に向けて制作枚数を増やしていくというもの。

　つまり、最初はある程度限られた舞台で、ユーザーにキャラの魅力を感じてもらうという方針で、一般的なＲＰＧの王道の作り方になっている。

　これはこれでいい。

　問題は、モーションキャプチャーだ。

　蒼真はＷＢＳに線を引きながら、最も課題となる『モーキャプ』という文字を打ち込みつつ顎に手をやる。

　モーキャップについては、ヒト・モノ・カネのすべての要素が足りない状況だ。それでも、今から三〜四ヶ月以内に、ＣＢＴ開始時には実装しておくべき、五十キャラ分の立ち絵とスキル発動時の3Dアニメーションを作る必要がある。彼女たちに約束した以上、どうにかして実現しなくてはいけない。

　だけど……。

　光莉に気づかれないように、心の中で大きなため息をつく。

　果たしてこの期に及んで、ウルトラCなんて考えつくのだろうか。いや、それ以前に、ちゃんと物を作り上げることは出来るのか。

　確かに社会人になっていくつかのプロジェクトは経験して、それなりに自信はついた。だけど、仕事で作ったアプリはゲームじゃないし、そもそも、自分が大学時代に作ったゲーム制作サークルは、空中分解したあげく、作品をお蔵入りさせたのだ。

　胃に微(かす)かな痛みを感じ、右手をみぞおちにやったとき、

「……出来た！」

　光莉が唐突に叫んでペンを置き、得意げに完成した線画を蒼真に見せてくる。

「うん……！　すごくかっこいい！　色つくの楽しみにしている！」

　そう言いつつ、蒼真は自分のＰＣ画面を光莉に見せながら、ＷＢＳの中にある『巫女(みこ)少女・

線画』のタスクを完了に切り替え、『彩色』を着手前から進行中に変える。

「へぇー。そうやって進行管理していくんだねぇ！」

光莉が感心してうなずきつつ、

「心配だった背景のことも、実はみーちゃんがちゃんと考えていてくれたし、モーキャプの件も蒼真さんがなんとかしてくれる。万事、ヨーソローっ！　て感じだね！」

そう言って、八重歯を覗かせて笑う。

その笑顔を前にして、蒼真は内心で頭を抱える。こんなに期待されているとは。やはり安請け合いはするんじゃなかった、と今更ながら後悔する。

胃の痛みが更に増したような気がして、当面、コーヒーは控えた方がいいかな、などと考えたとき、テーブルに置いた光莉のスマホがぶるりと震えた。

「……おおー」

彼女が驚いたように目を見開きつつ、

「メールが来たよ！　資金を提供してくれるカオスソフトの人から！」

自分のことは置いておいて、向こうも土曜日なのに仕事しているんだなあ、なんてことを考える。

「昨日の夜、そーまさんが手伝ってくれるってことを向こうにメールしたその返事だよー。今度、直接挨拶させてほしいって！　……って、あ！」

画面をこちらに向けながら、やや興奮気味に言う

「見てみて！　部長さんも同席するってさ！　めっちゃ期待してくれてるみたい！」

「そ……、そっか。近いうちに一緒に行こうか」

株式会社カオスソフトは、業界では中堅どころのゲーム会社で、昔からこだわりのある作品を作っていたということでマニア層からの評価は高い。最近はヒット作に恵まれないものの、数年前からゲームアプリに進出してなんとか起死回生を図っているという状況のようだ。

きちんとNDAも巻いているし、業務委託契約書もちゃんとしていた。とはいえ、企業はどうしても個人を軽く見てしまうところがある。そういう局面では、彼女たちを守るため、数年とはいえ社会人経験がある自分が強く出なくちゃいけない。

「メール、そーまさんに転送しておくね！」

同時に、ピコンと蒼真のスマホにメールの通知が来る。そして、ロックを解除しようと指をのばしかけたとき、ふと、液晶に表示されている時刻が二十一時を過ぎていることに気づいた。

「あのさ、もう結構いい時間だし、今日はこれくらいにして家に帰ったら？」

と、光莉がきょとんとした表情でこちらを見て、目を瞬（しばたた）かせた。

「………なんで？」

「いや、なんでって言われても、夜道は危ないし……」

「えー？　あたし、今晩はここで寝るし、しばらくこのオフィスに住むつもりだよ？　その方

が仕事はかどるし！」

「…………はい？」

と、光莉はなにかを思い出したのか、急に立ち上がると、部屋の隅に積まれたままになっていた一回り大きな引っ越し荷物の梱包（こんぽう）を解き始める。

「ほら、寝袋に、パジャマ、替えの下着とかお泊まりセットを持ってきてるし！」

「な…………」

「元カノさんのお部屋があいていたのもチェック済みだったしね！」

クリーム色のパジャマを両手で広げながら、満面に笑みを浮かべる光莉。

蒼真は口をあんぐりと開け、

「い、いや、ダメだろ、さすがに！　それに、親御さんが絶対に許可しないよね⁉」

「ううん、大丈夫。お父さんの許可済みー。お父さん、言ってたの。人生をかけて、全力に挑むべき仕事なら、職場に泊まり込むくらいためらっちゃダメだって」

蒼真は内心で頭を抱える。

いったい、どういう父親なんだろう……。絶対、普通の職業じゃない気がする。

そんな彼女は、段ボールの中からさらに、シャンプーやコンディショナー、それに大量のよくわからないボトル類を次々に取り出しながら言った。

「それじゃ、先にお風呂（ふろ）入ってくる！　血行をよくしたら、もうひと頑張りするから！」

そう言って、ぱたぱたと洗面所に走って行く彼女の後ろ姿を見て、蒼真は呆然とその場に立ち尽くすほかなかった。

4

翌週、三月二日、水曜日の午前十一時半過ぎ。

蒼真は、ラングリッドテクノロジーの本社オフィスにて、退職に向けた引き継ぎ資料を作りつつ、デスク周りの整理を始めていた。

退職日の三月末までは一ヶ月弱。有給消化があるから、会社に来るのは、実質、一週間と少しになる。本来であれば、退職の二ヶ月前には通知するのが暗黙のルールなのだが、蒼真が手がけていたほとんどのサービスが終了になることで引き継ぎ事項が少ないことと、有給期間中もなにかあったら対応するという約束で、なんとか、退職届を受け取ってもらったのだ。

もちろん、年度末の上、会社がこういう状況というのもあって、上層部はかなり渋ったようだが、泉チーフが彼らに「チャンスを前にした若手を送り出すのが、会社をこんな状況にした我々としての最低限の礼儀でしょう」と一喝してくれたのが大きな後押しとなった。

ただ、泉について気になっているのは、月曜日に退職したい旨を伝えたとき、彼女にしては珍しくうろたえていた点だ。

「もしかして、次、決まっていたのか……？」

「いえ、その時点では声がかけられていただけで、まだ決めてはいなかったのですが、金曜日の泉さんの言葉で決心がつきました」

気恥ずかしく伝えると、彼女は「そうか……」と言って一瞬言葉につまったものの、すぐにいつもの気丈さを取り戻し、「君の挑戦を応援するよ」と声をかけてくれた。

社内には蒼真以外にも既に何名か退職を決めた者がいるらしく、フロア内はどことなく落ち着きがない。その一方で、人材の流出が始まっていることについて、買収元のフィーエンス社がなにか手を打つという話も聞こえてこないため、彼らの買収目的はあくまでラングリッドが持つ顧客基盤でしかなく、社員達(たち)については後々、一斉にリストラするつもりなんだろう、とささやかれている。

そんな状況では、やっかみ半分で蒼真に絡(から)んでくる輩(やから)が出てくるのは当然のことで、彼がフロアを歩いていると、

「で、天海はどこ行くんだ？」

「給料、結構、上がるんだろうなあ」

「有給の間に、旅行行っておけよ。ゆっくり休める暇なんてそうそうないんだからさ」

といった軽口をぶつけられるのもしばしばだった。

蒼真は苦笑いで適当な答えを返すものの、内心は穏やかではない。

そもそも、転職ですらないのだ。

身分は、正社員から、個人事業主へ。もらえるのは、給料ではなく報酬。社会保険が無いことを考えると額は激減。有給休暇をとっているうちに旅行なんてとんでもない。一ヶ月半後のプロトタイプ版制作、八ヶ月後のCBT開始に向けて、休んでいる暇なんて全く無い。

それればかりか、自宅には、自分の雇い主である女子高校生がほとんど住み着く形になってしまい、二十四時間、色んな意味で気が休まることはない。

2DKの家なので寝室は別だし、ずっとお互いに仕事をしているわけだから、事務所みたいなものだけど、やはり生活を一緒にする以上、気を使うところは多いし、気忙（きぜわ）しい。加えて、同居人がいると、数ヶ月前まで同棲（どうせい）していた彼女のことを思い出してちょっとつらいというのもある。

いや、これらについては、覚悟していたことだから特に問題は無いのだが、やっぱり今思えばあまりにも無謀な判断だったかもしれない、と弱気になってしまうことがある。

その一番の理由が、順調に進むかどうかわからないスケジュールにある。

一番の懸案事項である『モーションキャプチャー』について、現時点で、なにも解決策を見いだせていないのだ。

やはり厳しい。サービスを提供しているという各社のサイトを調べたり、概算見積もりを取ったりしたものの、客観的なデータを集めれば集めるほど、不可能としか思えないのだ。

ここはもう、落としどころをどうするか、ということを考える段階じゃないだろうか。いわゆる『プランB』というやつだ。具体的には、モーキャプ無しで、２Dの立ち絵と、CGもしくは２Dでのモーションを作ること。

蒼真はPC画面に映っているガントを見る。プランBに切り替えるなら、遅くとも週末には判断が必要だ。２Dでモーションを作るとするならば、それはそれで光莉に対応した作画をしてもらう必要があるからだ。

と、そこで、ふと、光莉の顔が思い浮かんだ。

――モーキャプはね、みーちゃんが……、ううん、あたしたちが一番こだわっている部分だったの！　キャラに命を吹き込むことが出来るって、そう思って！

微かに紅潮した頰。濡れたような瞳に、細かく震える長い睫。

彼女達の強い気持ちはわかる。

だけど、現実には予算と納期というものがある。これを無視して作品作りは出来ない。

やはりここは自分が決めるしかない。現実を無視したプロジェクトは必ず炎上し、完成に至らないことも多い。こんなのはここ数年間、いやというほど経験してきたし、かつて自分が失敗したゲームもそうだった。

「天海ー、根つめてんなー」

突然、背後から肩を叩かれ、椅子からお尻が微かに浮いた。

肩越しに振り返ると、そこには同期の安田がにやけた顔で立っていた。

「飯、行こうぜ」

「あ、ああ」

時計を見ると、十二時を過ぎたところだった。

蒼真は安田と一緒にビルの外に出て、近くの繁華街で居酒屋ランチに入る。二人がけのテーブル席に通され、それぞれ生姜(しょうが)焼き定食と塩鯖(しおさば)定食を注文した後、出てきたおしぼりで顔を拭き、大きくため息。

「で、転職準備は順調か?」

安田が水の入ったグラスを手に、ニヤニヤ笑いながら尋ねてきた。

またこの質問か、と辟易(へきえき)しつつ、

「こちらのことを聞く前に、おまえの方はどうなんだ?」

「あー、実は昨日、内定が出た。機械メーカーの社内SE」

「それは、めでたいな」

水のグラスで乾杯する。よくよく安田の顔を見ると、先週まであった険がとれている。

「まあな。仕事もそれほど大変じゃなさそうだし、給料もちょっと上がる。福利厚生も悪くない。ただ、基本、中途入社は冷遇されがちなところがネックだな」

「安定してそうだな」

「そ。いわゆる、ＪＴＣってやつ。伝統的な日本企業を選んだ」

社名を聞いたら、東証プライムに上場している大手企業だった。最近は外資にだいぶやられて元気がないが、当面の生活の安定を考えたら大正解だろう。

「で、天海はどこに行くんだ？　早々に決めたって事は、かなりいいとこなんだろうって、みんな言っているぞ」

「そうだなあ……」

まあ、こいつには話してもいいか、と思い、今までの経緯を説明する。

もちろん、雇い主が女子高生だとかいう情報は、あらぬ誤解を招きかねないので、フリーのクリエイターという無難な言葉に置き換えた。

安田はしばらく呆けたような表情をしていたが、ややあって、腹を抱えてゲラゲラ笑い出した。

「まじか！　それまじか！　ぶっちゃけ無職じゃねーか！　腹いてぇ！」

あまりの爆笑ぶりに、店内からじろじろ視線を向けられる。

やがて目の端に浮かんだ涙を拭いつつ言う。

「いやー、やりたいことをやるために、正社員の身分を捨て、履歴書を汚すのかあ。さすがは天海だ、馬鹿だなあ、全く」

「そこまで言う必要はないだろ……」

蒼真は運ばれてきた塩鯖定食を前に、割り箸を割りつつ、ムッとして言い返す。

「わりぃわりぃ。でもさ、正直、安心した」

「なにが？」

相手は生姜焼きを口に放り込みつつ答える。

「新入社員のときの、尖った天海が生きていたってな。あのとき、おまえ、やりたいことをやるんだっていって、しょっちゅう新しいサービスの企画を出してたじゃん。それで、却下されるとすぐに上の連中に突っかかっていってた。でも、ここ最近は牙を抜かれて、すっかり丸くなったと思っていたんで」

「いや、あれは……。上は、若い人ならではの視点で新しい企画を考えろってオーダーするくせに、いざ提出したら、リスクがでかいとか、技術的に難しいとか言って、潰しまくるところに腹が立ったんであって」

「そうそう。ああいうの、モチベーションだだ下がりだよな。やる気に水をさすっていうか」

安田がピッチャーからコップに水を継ぎ足しながら言う。

「まあ、今思えば若気の至りっていうか、社会経験が無いことによる勇み足っていうのもあったけどさ、なんか出来ない理由をつけるばかりで、一緒に考えてくれないっていうのがどうにも……」

「それあるよなー。出来ない理由を探すことだけが、とにかくうまいやつ」

と、そのとき、蒼真の箸を持つ手が止まった。

「……出来ない理由、か……」

視線を、ほぼ骨だけになった塩鯖の上に落とす。

今、蒼真自身が抱えている課題はどうなのだろう。モーキャプは現実的に出来ない、とずっと思っていたが、本当にそうなのだろうか。考えられるすべての可能性に当たった上で、そのような結論を出したといえるだろうか。かつて、自分のアイデアを潰した上層部と同じようなことを、今、自分は光莉達に対して、やろうとしていないだろうか。

「おーい、どうした？」

安田が目の前で手を振ってくる。

「あ……、いや、なんでもない」

はっ、としてこの場に意識を戻し、漬物を口に運ぶ。思ったより苦い味が口の中に広がる。

それから、安田のおごりだという食後のコーヒーを飲みながら、買収に伴って社内に飛び交っている様々な情報を交換する。

会社を辞めたら、こんな時間も今後はなくなるんだなあ、などと感慨にふけっていると、ふと、安田が言った。

「そういえば、おまえの転職先……、というか、ゲーム制作やるって話、泉さんに言った？」

「いや……？　辞めるって話しかしてないけど？」

安田が眉間に皺を寄せ、鼻の頭を人差し指と親指で挟む。

「一応、言っておいたほうがいいんじゃないか？　多分、がっかりしていると思うんで」

「そうか？　泉さん的には、転職するのは応援してくれている、という感じだったけどな」

「……いや、そういうことじゃない。まじでわかってないのな、おまえ」

安田がため息をつき、コーヒーを置いて言う。

「泉さん、数年前から、ずっと色んなところからヘッドハンティングされていて、今まで全部断っていたけど、今回の件で、いよいよどっかに行くんだろって言われている。そしたら、片腕として天海を連れて行くつもりだろって、みんな言っていた」

「は……？」

泉さんの片腕……？　自分が……？

「だけど、おまえが先に転職するって話が広まっただろう？　それで、泉さんが落ち込んでいるんじゃないか、とか、あるいは実は、おまえが先遣隊として先に入社して、あとから泉さんが行くことになっているんじゃないか、とか、いろんな噂が飛び交っている」

「いやいや、おかしいだろ。僕の力なんて泉さんの足下にも及ばないぞ？」

安田が真面目な表情で言った。

「そんなことないぞ。泉さん、おまえのこと、かなり買っているぜ。技術力はどんどん伸びているし、なによりも、モチベーションが高い。やらない理由を探すより前に、まずは手を動かすところが気に入っているってさ」

「……………」

「泉さん、もしかすると、自分が声をかける前に、おまえがよそに行くことを決めたこと、ショックを受けているかもしれないぞ。……いや、間違いなくショックを受けている。あの人、目的のためには手段を選ばないところがあるのは知ってるだろ？　退職届を破り捨てられるということが無いように、ちゃんと筋は通しておけよ」

なんと言えばいいのかわからず、コーヒーを飲もうとして中身が空であることに気づいた。

と、安田が腕時計に視線を落とした。

「さて、そろそろ行くか。俺も退職について、午後に課長と面談を設定してもらってるんだ。形でもいいから、引き留めてくれればうれしいんだけどな」

そう言って伝票を手に席を立つ。

蒼真もまた、混乱した頭を振ってレジに向かう。泉がそんなに自分のことを買ってくれていたなんて思ってもいなかったし、なによりも、それは蒼真が『やらない理由を探さないから』だというところも、意外だった。

自分はそんなに泉に評価されるほどのエンジニアなのだろうか。

店を出て、オフィスに戻る地下道を歩きながら、そんなことをぐるぐると考え続けていた。

昼過ぎから空には次第に雲が広がり、終業時刻の午後六時には、地面にたたきつけるような大粒の雨が降ってきた。外は雨に煙って真っ白で、窓ガラスを涙のように雨が伝っていく。

ビルから地下道に入るまでのわずかな間でも濡れてしまいそうなので、退勤は少し待とうと思い、デスク周りの整理を続けることにした。

積まれた書類を、要不要で分類し、捨てるものは溶解専用段ボールの中に放り込んでいく作業。いつの間にか、こんなにもたくさんの書類を作ったんだなあ、と感慨にふけっていたとき、分厚い茶封筒が目に入った。

中に入っていたのは『モバイルアプリ市場動向の調査レポート　矢原総合研究所』と書かれ、黒い綴り紐でとじられた書類。

定価三十五万円の調査資料だ。

「やば……」

顔から血の気が引き、慌てて鞄の中に押し込むと、周囲を見渡す。

良かった。誰にも見られていない。

この書類は、総務課長がずっと探していたやつだ。

固定資産扱いにもなっている高額なレポートなのに、ずっと行方不明になっていて、誰かが持ち出したままなら至急返してほしい、と何度も部署のチャットに流れていた。

蒼真は忙しさのあまり、借りたことを忘れるなんてそんな不届き者もいるもんだなあ、とスルーしまくっていたのだが、犯人はあろうことか自分だったということだ。

退職直前とかに、こっそり書庫の棚の奥底に返しておこうと思ってため息をついたとき、プライベートのスマホが震えた。

チャットアプリに光莉からのメッセージだ。

憎めない顔をした猫キャラが、おっす、と右手を掲げたスタンプに続いて、

『そーまさん、今、会社の一階にいるよー』

「…………え？」

『仕事終わったら話したいんだけど！　ここで待ってるー！』

いやいやいや！

蒼真は慌てて帰り支度をして、エレベータで一階に降りる。

と、エントランスホールに制服姿の光莉が立っているのを見つけた。

土砂降りにあったのだろう、黄金色の髪から水が滴り落ち、胸元も透けてしまっている。それに加え、制服の裾がめくれているせいで、おへそまで覗いている。

彼女は蒼真に気づくと、右手を大きくぶんぶんと左右に振って来る。

「そーまさーん！　お疲れ様ーっ！」

オフィスビルに女子高生がいることが珍しいこともあり、フロアにいる人たちの注目が集まる。

「あははー。ちょっと濡(ぬ)れちゃったー」

　そう言って、首を少し傾(かし)げ、眉尻を下げて笑う。

「と、とりあえず、こっちへ……！」

　慌てて彼女の手を引っ張り、ひとまずエレベータホールの脇にある化粧室へと連れて行きつつ、同じフロアにあるコンビニでハンドタオルを買って戻ってくる。

「これで拭いて……！」

「おっ、ありがとうー！　ちゃちゃちゃっ、と拭いてくるから、ちょっとここで待っててね！」

　そう言って彼女がトイレに行っている間に、蒼真は廊下の壁に背中をもたれさせ、深いため息をつく。

　突然、どうしたんだろう？

　相談事があるということだったけど、わざわざ会社にまで来るなんて、緊急ということだろうか？

　そもそも、どうして彼女は会社の場所がわかったんだ……？

「……って、あ……」

　そこまで思ったところで、以前、彼女に会社の名刺を渡していたことを思い出し、固まってしまった。やられた……。ＳＮＳで自分を追いかけるくらいの彼女だ。これくらいしてもおかしくない。

ともかく、彼女と話をするにしても、相談場所をどこにするか探さないといけない。まもなく辞める会社とはいえ、さすがに、女子高生と二人でいるところを職場の人に見られたらいろいろまずい。かといって、どこか喫茶店に入ったとして、それはそれで悪目立ちするような気がする。

「あれ、天海君？」

突然、聞き覚えのある声が聞こえた。

顔ごと視線を向けると、そこに泉の姿があった。退勤するのか、鞄(かばん)を肩から提げている。

「チ、チーフ……⁉」

「ここで誰かを待っているのかい？」

「え、ええと……！」

露骨にうろたえる蒼真を見て、困惑の表情を浮かべる泉。

と、そこに、

「そーまさーん！　お待たせ‼」

トイレから光莉が出てきた。

「タオルめっちゃ、助かった‼　ありがとー！　これ、洗って返すね！」

「あ……と、その、え……と……」

「ん？　どしたの？」

光莉が小首を傾げて、口をパクパクさせている蒼真の顔を見つめてくる。

体は拭いたのだろうが、相変わらず胸元は透けたままだし、制服の隙間からはおへそが覗いている。

「天海君、そちらの方は……？」

そういう泉の声には、戸惑いとともに、微かに険があるように感じられる。

やばいやばいやばい……！

女子高生と社畜の組み合わせ。これは、ちゃんと説明しないと誤解される。

蒼真は半ばパニック状態になり、

「ええと、彼女は僕の親せ……」

親戚で、と言いかけたところで、

「あっ！　すみません！　申し遅れました！」

光莉はそう言うなり、鞄の中から名刺を取り出して、勢いよく泉に差し出す。

「はじめまして！　クリエイティブユニット・スカイワークスの代表、羽白光莉と申します！　ゲーム制作を手がけています！」

「は、はあ……」

泉が戸惑いながら、不審げに蒼真と光莉を交互に見やる。

えっ、いや……⁉　変な関係とかいう誤解はなくなったかもしれないけど、これはこれで問

題じゃ……⁉

「ゲーム会社さん……、でしょうか？　なにか天海とお取引が……」

「えっと、なんていいますか！　今回、そーま……、天海さんは、うちに入ることになったんです！」

「…………え？」

泉の切れ長の目が大きく見開かれた。

それから、信じられない、という表情で蒼真の顔を一瞬、見やると、

「そ、そうですか……」

微かにうろたえた声でそう言い、静かに息を吐きつつ、自分の名刺を光莉に渡す。

「天海を、どうぞよろしくお願いいたします」

それから光莉に頭を下げると、蒼真と目を合わせることなく、

「天海君、もしよかったら、明日、詳しく話を聞かせてもらってもいいかな？」

やや低い声でそう言うと、ビルの出口へと向かって行った。

蒼真は思わず顔を両手で覆う。

光莉も、微妙な空気を感じ取ったのか、気まずそうに言った。

「……あ、これって、もしかして、いろいろまずかった感じ……？」

「いや、光莉さんは、悪くない……」

タイミングがあまりにも悪すぎただけで、彼女を責める理由などどこにもない。

雨がやや小降りになったタイミングで二人は外に出て、地下街にある喫茶店へと入った。女子高生と二人で入ることへのためらいも、泉に目撃されてしまったことに比べれば、些細なものでしかない。

「ご、ごめんなさいっ！」

光莉が両手を合わせて、深々と頭を下げる。

「あたしが、考え無しにそーまさんの会社に来ちゃったから……！」

「いや、別に大丈夫。ちょっと気まずかったけど、どうせすぐに辞める会社だし」

「だけど、泉さんにとって見れば、あたしはそーまさんを奪った相手ってことになるんだよね……。きっと、いい印象は持たれなかったよね……」

「いや、その言い方はちょっと誤解を招くかな……」

「………？」

安田の話によれば、泉は自分が思っていた以上に蒼真のことを買ってくれていたらしい。しかも、あくまで噂の域を出ない話ではあるが、いずれ彼女が転職する際には、蒼真を連れていくつもりだったとか。

もし本当なら、泉が光莉をよく思わないことは想像に難くない。

明日、彼女にどう説明しようか。気が重たくなる。

と、そこに注文していたブレンドコーヒーと、フルーツパフェが運ばれてきた。

蒼真はコーヒーを手に取り、さんざん動揺したせいで、からからに渇いていた喉を潤す。

それから、今は次の雇い主の相談に乗るのが先決だよな、と思い、一息ついたところで言った。

「それで、急いで話したいことってなに？」

「あっ……、そうだった！」

パフェの半分ほどをあっという間に平らげてしまっていた光莉は、それで思い出したのか、鞄からタブレットを取り出し、テーブルの上に置く。

「ねえ、これ見て見て！」

そこに表示されていたのは、複数の３Ｄモデル画像。

狐耳と、もふもふ尻尾の少女に、アイドル風にアレンジされた巫女装束を着た女の子。羊をモチーフにした、角とふわふわな毛を持つ小動物をお供に、鮮やかな和服を着て薙刀を手にした少年。

「おぉ……」

思わず目を見開いた。３Ｄモデルではあるが、どことなく柔らかい印象を受ける。

「ずっと探していた３Ｄモデラーさんだけど、この人がいいと思って‼　Ｖｔｕｂｅｒのモデリングもいくつか手がけている人で、あたしの絵と相性がいいような気がして！　で、連絡とってみたら、とりあえず詳しい話を聞かせて欲しい、って返事がきたの！」

光莉がタブレットをスライドさせて次々にサンプルモデルを表示させながら、続ける。

「安土小次郎（あづちこじろう）さんって人なんだけど、たとえ大手のメーカーさんが大金を積んでも、自分が作りたいと思うものじゃなければ、絶対にお仕事受けない人だって有名なの！　ザ・職人って感じで、めっちゃかっこいいよね！」

それから、光莉はタブレットから顔を上げ、瞳を輝かせながら蒼真をまっすぐに見つめて言った。

「でね！　この3Dモデルでモーキャプをやれば、すんごいのが出来そうな気がする‼　だから、あたし、ぜったい、ぜーったいに、この人にお仕事をお願いしたい！　それで、急いでそーまさんに相談したくてきちゃった！　そーまさん、いいよね？」

「…………」

蒼真は、なにをどういえばいいか、一瞬、言葉に詰まった。

彼女は、最高のものを作るためなら、絶対に妥協しない。自分がこうしたいと思ったら、どこまでも粘り強く交渉する。

システムを作るために、蒼真に熱烈なアプローチをかけてきたのもそうだ。

蒼真はごくりと息を呑（の）み、彼女に尋ねる。

「あのさ……、もしも、もしもだよ？　この人に断られたら？」

「うーん。それはその時点のあたしの絵が、安土小次郎さんのお眼鏡にかなわなかったということだから……」

光莉は顎に手をやり、少し考えた後に、笑顔を見せて言った。

「すぐに絵を上達させて、もう一度、お願いする……！」

「…………！」

蒼真は彼女の意志の強さを感じさせる双眸から自然と目をそらしてしまう。

彼女はこんなにも強い思いを持っているというのに、自分はいったいなにを考えていたんだろう。

現実的な落としどころとか、『プランB』などという聞き心地の良い言葉を使って、自分をだまし、逃げていただけじゃないか？

膝の上に置いた拳が固く握りしめられ、爪が手のひらに食い込んでいく。

「そーまさん……？」

泉が自分を買っていたのは、『出来ない理由』を探す前に、手を動かすところだという。だけど、今の自分はどうだ？　手を動かす前に、出来ない理由を探そうとしているじゃないか！

「おーい」

目の前で光莉がパタパタと手を振った途端、蒼真が顔を上げた。

「なんとかする‼」

「うひゃっ⁉」

光莉が目をまん丸にして、椅子ごと後ろに倒れそうになったのをなんとかこらえた。

「な、な、なに、なに⁉ 急にどうしたの⁉」

「モーキャプ！ なんとしてでも実現させてみせる！」

なにかよい手段はないのか。

散々ネットで調べたが、もしかしたら見落とした情報があるかもしれない。たとえば、格安の会社があるかもしれない。あるいは、日本企業じゃなくて、外国の企業で安い機材を作っている会社があるかもしれない。そこの日本支社があれば、交渉次第で安く借りるとか……！

蒼真はネットで情報を取るべく、足下に置いた鞄(かばん)を開け、モバイルＰＣを中から引っ張り出す。

と、そのとき、引きずられて出てきた茶封筒がバサリと音を立てて床に落ち、書類の束が封筒から覗(のぞ)く。

「…………………っ‼」

途端、蒼真の体の中を電気が駆け抜けたような気がした。

――『モバイルアプリ市場動向の調査レポート　矢原(やはら)総合研究所』

「そーまさん、もしかして、コーヒーになんか変なの入ってた……？」

光莉が気味悪そうな顔をして、拾った書類を渡してくる。

「これだ………」

「はい？」

蒼真の目はその書類のタイトルに釘付けになっていた。

大手専門調査機関が発行する、業界の調査レポート。

これが何十万円もするのには理由がある。調査会社が、業界の各社に直接足を運び、担当者にインタビューしてまとめることで、通常、ネットはもちろん、新聞にだって出てこないデータが大量に掲載されているからだ。

パソコンを立ち上げ、急いで検索をかける。

「あった……！」

予想通りだった。『メタバース・XR市場レポート』という昨今のトレンドに乗ったタイトルの調査レポートが昨年発行されていて、そこには３Ｄモーションキャプチャー市場に関する章立てもなされていた。

この内容の資料であれば、もしかしたら……！

「よしっ！」

蒼真は急に立ち上がると、ぽかんとこちらを見ている光莉に言った。

「光莉さん、先に帰っててくれる？」

「え？」

「少し会社で調べたいことがあって！」

鞄を手にとり、財布から会計用の五千円札を抜き出してテーブルに置く。

「おつりは夕食の材料費に使ってくれれば」

「ちょっと、どういうことかな⁉」

「ん、後で説明する」

そう言って、足早に出口に向かう蒼真の背中に、光莉が慌てたように声をかけた。

「わ、わかったけど、出来るだけ早く帰ってきてよね⁉　今日は、ご馳走にするんだから！　そーまさんが好きだって言ってた和風ハンバーグ‼」

蒼真は片手をあげてそれに応え、店を出る。

小降りの中、再びオフィスビルへと駆け戻り、エレベータで十四階にあがる。

執務室に入ると、「あれ、忘れ物？」と声をかけてくる同僚に「そんなところ」と答えながら、まっすぐに総務部へと向かう。

ひな壇に、頭が禿げて丸眼鏡をかけた人の良さそうな男性が座っていた。

良かった。総務課長はまだ帰っていなかった。

「あの、課長、すみません！　システムエンジニアリング部の天海です」

「ん？」

相手がパソコン画面から顔を上げたところに、茶封筒とともに調査レポートの書類を差し出し、

「ずっと探されていた、矢原総研の調査レポートですが、私が机の中にしまい込んでいました。大変申し訳ございませんでした！」

そういって、深々と頭を下げる。

相手はその勢いに若干引きつつ、

「あ、ああ……、そうだったんだね。いやいや、申し出てくれてありがとう。見つかって良かったよ。一応、固定資産だからね、無くなったら除却しなくちゃいけないし、そうなったら手間だな、って思っていたからねぇ」

「それで、こちら、私の方で倉庫に戻してきますので、鍵をお借りします。あと、ついでに少し調べものもしますので！」

そう言うなり、戸惑う総務課長に一礼し、まっすぐにフロアの端にある倉庫へと向かう。

照明をつけると、棚一面にずらりと並んだ大判ファイルが浮かび上がった。

自分が持ち出していたファイルを棚に置きつつ、ファイルの背表紙を素早くなめていく。

心臓がはねた。

「……あった！」

――メタバース・XR市場レポート　矢原総合研究所

急いで手に取り、ページを繰る。

一ページに一社、モーションキャプチャー機材を開発・販売するメーカー他、スタジオレンタル業者の名前が並び、それぞれの商品やサービス内容、売上高、今後の戦略などが細かい文字で書かれている。

取り上げられている社名は、どれも、蒼真がネットで調べたときに知っていたが、専門調査員によるレポートなだけあって、記載内容の細かさは比べものにならなかった。

とはいえ、やはり今の予算感でモーキャプが出来るようなスタジオはないし、専用機材はどれも高い。ならば、日本に低価格品で進出を考えている外資系企業にアプローチするのがいいか、と思っていたそのとき、蒼真の手が止まった。

見間違いかと思って、目をこらす。

最後のページに掲載されていた会社名には、見覚えがあった。

『帝国エアーエッジ株式会社』

自分がずっとトラブル対応を続けてきたところじゃないか。

いつも表情を変えることがなく、厳しい注文ばかりつけてきた担当者の顔が思い浮かぶ。正直、打ち合わせの前は胃が痛くて仕方がなかった。

二月に泉とサービス終了の挨拶に行ったときには特におとがめはなかったが……。

しかし、なんでこの会社が……？　ここの主力事業は、業務用の大規模空調設備事業だったはずだ。

レポートを読んでいくと、新規事業を手がける部署が、使わなくなった工場の余剰空間を生かして、スタジオレンタルの試験サービスの開始を検討しているということだった。モーションキャプチャーの技術は、同社が得意とする機械設備設計に使用するＣＡＤ（キャド）から転用出来る部分も多く、事業としても親和性が高いのだという。想定顧客は、テレビ局や映像制作会社、ゲーム会社というところは他社と変わらないが、後発ゆえに、機械学習（ＡＩ）などを用いて低価格で提供することで、差別化を図るのだという。

「ＡＩを使う……？」

その一文に引っかかりを覚える。３Ｄモデルに動きをつけるのに、モーションキャプチャーではなく、人間の動きを学習させたＡＩを利用することは数年前から考えられている手法だ。だが、それがうまくいったという話はあまり聞いたことがない。

ＡＩを使って、スムーズに３Ｄモデルを動かすためには、結局は人間がモーションをつけた適切な学習用データが必要になるからだ。そして、この学習用データをいかに大量に集めるかが、ＡＩ開発の鍵を握っていると言われている。

「……って、待てよ……？」

はたと蒼真は気づいた。

もし彼らが学習用データ、つまり、ＡＩの開発のために、生身の人間によるアクションデー

タを欲していたとするならば。そして、それを蒼真たちが無償で提供出来るとするならば

……！

そのことに気づくなり、蒼真はノートPCを立ち上げ、取引先の担当者のアドレスを呼び出す。一瞬、クレーム対応をしていたときの光景が頭をよぎり、くわえて、そもそも、新しい仕事に今の会社の関係性を使うのは問題があるよな、と思ったものの、今はそんなことに構っている余裕もないと思い直し、急いで担当部署を紹介してほしい旨のメールを書き始めた。

5

三月四日、金曜日の午後。有給を取った蒼真は、光莉と一緒に東京の臨海部、晴海の倉庫街を歩いていた。三月の頭だというのに春本番を思わせる陽気で、蒼真は脱いだ厚手のコートを手に持つ。

一方、光莉の格好は、珍しく濃紺のジャケットにパンツスカート姿。

今日の訪問にあわせて急いであつらえたので、就活スタイルではあるが、光莉のスタイルが良いせいか、とてもシャープな印象だ。

「ふふん！　そーまさん、なんだかこうしてあたしもスーツを着ていると、二人そろって出来るビジネスパーソンって感じじゃない？」

……妹の入学式とかに付き添う兄ってとこじゃないかな、と思ったけど、彼女がどう受け止めるかわからなかったので口に出さないでいた。

今日の訪問先は、帝国エアーエッジ株式会社の晴海工場。

一昨日、前の担当者に連絡をしたところ、予想に反して、相手はすぐに該当部署につないでくれ、呆気にとられるほど簡単に、この日のアポが取れたのだ。

工場の一階で受付を済ませ、エントランスフロアのソファで待つ。周囲にはこの会社の水をイメージしたマスコットキャラの大きなぬいぐるみがいくつも置かれており、光莉が落ち着かなそうにそれらに視線を向けている。

ややあって、係の女性がやって来て、「大変お待たせしました。お部屋にご案内いたします」と頭を下げる。

二人が通されたのは、工場の二階にもうけられた『スタジオ』だった。

防音扉を開き、中に足を一歩踏み入れた瞬間、二人は思わず足を止め、天井を見上げた。

「……まじか」

「すっごーい、なにこれ！」

三階までぶち抜かれた広い部屋の中は、壁から天井まで、『アルミトラス』と呼ばれる骨組みで覆われ、そこかしこに大型の照明やカメラ機材が吊るされていた。

カメラの台数は二十台。あらゆる角度からマーカーを全身につけたアクターを撮影し、動きをシステムに取り込んでいくのだ。
呆けたようにスタジオ内で立ち尽くしていると、

「お待ちしておりました……！」

Tシャツにチノパン姿という若い男性の担当者と、その上長とおぼしきジャケット姿の男性が、二人のもとに足早にやってきた。
そして、その若い担当者は、名刺交換も早々に、感激した面持ちで光莉を見つめ、声を微かにうわずらせて言った。

「いやあ……！　生の影宮夜宵先生にこうしてお会い出来るなんて！　実は私、大ファンでして、コミケで出されている本も全部買っていますし、マニアボックスにも登録しているんです！」

「ほ、本当ですかっ⁉　ありがとうございます！　すっごくうれしいです！」

「実は今日、挿絵を担当されたラノベも持ってきていまして、後でサインを……」

と、そこで上司が咳払い。

「すみません、公私混同はするな、とあれほど言ったのですが」

苦い顔をする上司と、我に返って顔を青ざめさせる担当者に、蒼真は恐縮して頭を下げる。

「い、いいえ、お気になさらず……」

そもそも、公私混同という意味では、蒼真の方が重罪だ。なにせ、今の会社の取引先を、転職先の仕事に使おうとしているからだ。

それから、四人はスタジオの隅に置かれたミーティングスペースに移動した後、蒼真がパワポ資料をもとにプランを一通り説明することになった。

資料は事前に送っていたので、彼らも目を通しているとは思われたが、具体的な提案内容は次のようなものだ。

光莉達スカイワークスは、格安でスタジオを使わせてもらう代わりに、武道経験者や劇団員による、大量のモーキャプデータを、AI向けの学習用データとして、無償でエアーエッジ社に提供する。

それにより、同社が現在開発中の、キャプチャーしたモーションをよりなめらかにするAIプログラムや、アクターなしでの自動モーション生成AIプログラムの性能を飛躍的に向上させることが出来る。

更に、スカイワークスは、自分たちのゲームが世に出た暁には、AIプログラムのプロモーションに、導入実績として蒼真達が全面的に協力することや、光莉——影宮夜宵による宣伝用の素材を無償で提供する。

ジャケットの男性は、時折メモを取りつつ話を熱心に聞いていたが、蒼真の説明が終わると、

「なるほど。役者さん達による、五十キャラ分のモーションキャプチャーですか……」

そうつぶやいて、顔を上げた。

「確かに弊社としてはＡＩに食べさせるための学習用データは喉から手が出るほど欲しい状況です。しかも、御社が作る、質の良いデータを無償でいただけるというのは願ったり叶ったりといったところです」

「それじゃあ……！」

蒼真が腰を浮かしかけたとき、

「ですが……」

相手の目が急に鋭くなり、蒼真の顔を真正面から見据えて言った。

「大変失礼ですが、このゲームが確実に売れる、という保証は出来ますか？」

「…………え？」

「格安で設備をお貸し出しする条件として、弊社上層部は、学習データをご提供いただくだけでなく、御社ゲームを事例としたプロモーションは必須だと考えております。ですが、もし、ゲームがヒットしなければ、プロモーションを成立させることは出来ません」

沈黙が落ちた。

部下の男性がなにかを言おうと口を開きかけたが、上司は片手でそれを制す。

「そればかりか、お客様に与える印象はネガティブになるでしょう。弊社のシステムを使ったから売れなかった。そんな印象を、特に後発である弊社がもたれることは避けなければならないのです」

「そ……、それは……」

蒼真の背中を冷たい汗が流れ、口の中が乾いていく気がした。

まだ開発中なのに、売れることを約束しろ、などと無茶にもほどがある。

いや、蒼真は光莉達の企画書を見て、このゲームが売れる、売ってみせる、と思ったからこそ、スカイワークスに入ったのだ。だけどそれをビジネスの場で約束するということの重みは全く違う。

「もし、売上に関するコミットが難しいようであれば……」

男性の言葉に、肩が震えた。

光莉がこれほどやっているのに、自分はそれを疑っているのか？

いや、そんなことはあってはいけない……！

気づくと、蒼真は男性の言葉を遮っていた。

「「絶対に、売れます!!」」

声が重なった。

蒼真と光莉が、同時に声を発していた。

……え？

隣を見ると、驚きに目を見開いた光莉と、目が合った。

それから、すぐに光莉は正面の二人に視線を移し、語気を強めて言った。

「このゲームは絶対にヒットさせます！　そのために、あたしは、ヒト・モノ・カネを揃えてきました。そーま……天海さんに無理を言って、うちに入ってもらったのもそのためです！」

　先方二人が、目を丸くしている。

　蒼真も光莉の言葉に続ける。

「私も、彼女の企画書を見て、これは絶対に面白いと感じたんです。多くの人にプレイしてもらいたい、ヒットさせたい、そう思ってしまったからこそ、まだ法人化もしていないこのスカイワークスに移ることを決めたんです！　どうか、ご検討のほど、お願いいたします」

　光莉とともに、深々と頭を下げる。

　空調の音だけが室内に響く中、どのくらいの時間が過ぎただろうか。

「顔をあげてください」

　男性の穏やかな声が聞こえた。

「お二人の熱意はよく伝わってきました。私たちとしても、是非、みなさんのビジネスパートナーとして、一緒にプロジェクトの成功に向けて邁進していきたいと思います」

「それって……、つまり……」

「御社からご提示いただいた条件で進めましょう」

　蒼真と光莉は顔を見合わせる。信じられない、という顔をしていた彼女の顔がほころんでいくのに合わせて、蒼真の顔も緩んでいく。

若い担当者が、

「よっしゃあっっ！」

と大きな声を上げて、ガッツポーズをする。

「影宮さん、天海さん、一緒に最高の作品を作りましょうね!!」

蒼真達が立ち上がり、深々と頭を下げる。

「こちらこそよろしくお願いいたします！」

それからジャケットの男性は、蒼真に視線を合わせて、穏やかな口調で言った。

「そういえば、この案件を取り次いでくれた、担当者の山川ですが、あれはかつての僕の部下なんですよ」

「え……？」

「彼からは、こう言われました。天海さんはどんなトラブルでも絶対に逃げないで、最後まで誰かのために全力を尽くしてくれる、人間として信頼出来る人だ。だから、天海さんの挑戦をなんとか成功させたい。前向きに検討してほしい、と」

「…………そう……、ですか……」

話を聞きながら、目頭が熱くなってくるのを感じ、慌てて指で押さえる。

あの厳しい担当者は、自分の頑張りを認めてくれていたのだ。その事実に胸が熱くなる。

「そーまさん、良かったあ！　良かったよお！」

涙目になった光莉が抱きついてこようとするのを、必死で押しとどめながら、蒼真は手元の書類と手帳を繰り、

「それでは、今後のスケジュールについて、ご相談をさせていただけますでしょうか？」

そう言って、クライアントに笑顔を向けた。

CAPTER 03

クリエイティブユニット、本格始動する。

1

三月十四日、月曜日の朝。枕元で鳴るスマホのアラームを止め、画面に表示された時計を見る。時刻は午前七時三十分。

二度寝の誘惑を振り払い、えいやとベッドから飛び降りると、寝間着を脱ぎ捨て、出勤のために着替え始める。

それからダイニングキッチンに向かい、あれ？　と思う。

光莉がこの家に半ば住み着くようになってからは、彼女はほぼ毎日、蒼真よりも先に起きて、朝食を準備してくれていたのだが、今日はその姿が見当たらないのだ。

寝坊だろうか。今朝も自室で、明け方までずっとディスプレイに向かって作業をしていたみたいだし。

出来れば寝かせておいてあげたいが、彼女も学校があるから、そうもいかないだろう。ああ見えて、学校には真面目に通っているのだ。

元カノの部屋――もとい、今は光莉の部屋の前まで来ると、扉を軽くノックする。

「………」

だが、少し待っても応答はない。

仕方ないので、もう一度ノックしつつ、声をかける。

「光莉さん、朝だよ。学校、遅れるよ！」

それでも、部屋の中で光莉が起きる気配はない。

困ってしまったものの、このままにしておくわけにもいくまい。

「……ごめん、入るよ……？」

そっと、扉を開け、隙間から中を覗くと、ベッドの上に人影があった。

小さくため息をつき、相手の誤解を招かないように、わざと大きな足音を立てて、ベッドに近づく。

「おーい、朝だぞ！　遅刻するよ！　起きて起きて！」

上からベッドを覗き込み、そして、蒼真はハッ、と息を呑む。

――そこに、天使がいた。

黄金色の長い髪を扇状に広げ、その上で体を丸めるようにして、部屋着のまま眠っている少女。

ショートパンツから覗く白い足がやたらとなまめかしく、蒼真の目は釘付けにさせられ、そいた。

「むにゃ……」

寝返りを打ち、彼女が仰向けになった拍子に、Eカップの両胸が弾むように揺れ、天井を向
ごくりと息を呑んだそのとき、彼女の目がうっすらと開かれる。

目があうと同時に、彼女の口元が緩む。

「あー、そーまさんじゃん……」

甘えた口調でそう言うなり、突然、伸ばした両手で蒼真の腕をつかんで引き寄せてきた。

「うおっ⁉」

バランスを崩した蒼真は、そのまま光莉の身体の上に覆い被さるような形で倒れ込んでしま
う。

胸の膨らみが直接、蒼真の身体に感じられる。

眼前に、彼女の顔が迫る。甘い匂いが、蒼真の鼻をくすぐる。

「ふふーん。夢にも出てきたけど、こうやって、リアルで会うそーまさんもいいよね～。匂い
とか、ちゃんと感じられるし～！」

「ちょ、ちょっと！　自分が今、なに言っているか、わかってる⁉」

「ふふー。あたし、寝ぼけているからいいんだー」

「いやいやいや！　良くないだろ！」

「そうかな～。そーまさんだったら良いよ～。だって、あたしのちょー恩人だもん……。そーまさんのおかげで、ゲーム作りがすごくうまく進むようになったし。あたし、そーまさんには、ほんとに、ほんと、感謝しているんだから……」

とろんとした目つきで、紡がれるストレートな感謝の言葉。

蒼真はなんと返事をすれば良いのかわからず、言葉に詰まる。

とそこで、彼女の腕が、蒼真の首に回されかけてきたのに気づき、慌てて彼女の手を振りほどきつつ、身体を離すと、

「つーか、学校遅れるぞ！　というか、今日まで、期末テストじゃなかったっけ？」

途端、彼女の目が見開かれた。

それから枕元に置かれたスマホに手を伸ばし、液晶に表示された時刻を見るなり、

「やばっ！　遅刻じゃんっ!!」

跳ねるように飛び起きた。

それから、部屋着のままバタバタと足音を立てて、洗面台へと走って行き、

「ひーん、寝癖すごいよー」

という悲鳴が聞こえてきた。

蒼真は小さくため息をつくと、キッチンに戻り、朝食の準備を始める。

時間が無いので、トーストを焼きつつ、フライパンで簡単にベーコンエッグを作ることにする。ただ、コーヒーだけは、豆から挽(ひ)いて、ドリップで入れることにする。コーヒーミルとドリッパー一式は、この前、光莉が買ってきたものだ。

なし崩し的に光莉との同居生活が始まって約二週間。その間、何度か家に帰った方がいい、と説得しようとしたものの、そのたびに、修羅場だし、そもそも、社畜なんだからあたしの言うこと聞かなきゃだめだよ！　などと抵抗され、断念することを繰り返している。そのうち、慣れてしまいそうで怖い。

十分後、制服に着替えた光莉がダイニングに駆け込んできた。メイクもバッチリ、髪もいつも通りふわっとまとめられている。

こんな短時間で身支度を整えられるなんてすごいな、と思いつつ、彼女の席にコーヒーを置く。

「朝食、一応、用意しておいたけど、どうする？　テンプレだけど、食パンだけでもかじってく？」

「えーと、折角、そーまさんが作ってくれたから全部食べる!!」

そう言って席に着くと、美味(おい)しい美味(おい)しいと、パンにベーコンエッグを挟んで口いっぱいに頬張り、コーヒーを飲みながら、あちちと言っている。

蒼真も彼女の向かい側に座り、コーヒーを飲みながら、さて今日の会社での予定は……、と思考を巡らせ、ふと、そこで、あれ？　と、違和感を覚える。

「とゆーか、そーまさん、なんでスーツ着てんの？」

超特急で朝食を食べ終えた光莉が、口元についたケチャップをティッシュで拭いながら尋ねてきた。

「あ………」

そうだった。

今日から、有給消化期間、つまり、会社に行かなくても良いのだ。なのに、いつもの癖でスーツに着替えてしまっていた。

光莉は、にっ、と八重歯をむき出しにして笑うと、

「そーまさんは、今日から、スカイワークスのお仕事にフルコミットしてもらうんだから、よろしくね！」

そう言って、

「じゃあ、夕方のみーちゃんとの打ち合わせ、よろしく！　場所はいつものファミレスで！」

学校へと向かった。

彼女を玄関で見送った後、蒼真は壁に手をつき、大きくため息をついた。

朝からどっ、と疲れてしまった。

とりわけ、ベッドの上に引きずり倒されたときの、間近に迫った彼女の顔つきがどうにも目

の前にちらついて離れない。

とはいえ、いつまでもこうしているわけにはいかない。要件定義がほぼ完了したことを踏まえ、今日からシステム構築を加速させる必要があるからだ。

朝食の片付けを終えた後、蒼真はスーツのまま、自室のPCの前に座る。普段着に着替えないのは、折角、仕事モードになったのだから、そのままの方が良いだろう、という判断からだ。

AWSのコンソール画面からログインし、サブディスプレイに投影されたシステム構成図を見ながら、インスタンスを立ち上げていく。

ゲームアプリ用のバックエンド側のシステムを作るにあたって特に大事なのは、次の二点。

一つはユーザーにストレスを感じさせない、軽いシステム。折角、作品世界に没入しているのに、頻繁にロード画面が入ったり、システムが重くて固まったりしたら、興ざめだ。また、イベント時にユーザーが殺到して、障害が起こったら、ゲーム運営に必要な課金タイミングを逃すことにもなる。

そして、もう一つは、常に新しいコンテンツを追加しやすくするための拡張性。たとえばあらかじめ、プログラムにキャラやイベントを追加しやすくしておくのはもちろんのこと、ユーザーの声を聞いて、カードのスキル拡張などのゲーム性そのものの大型アップデートに耐えうる設計にしておくのが大事だ。

基本的には今まで仕事で作ってきた実装と一緒だ。

問題は、ユーザーが直接操作する画面とどれだけ、スムーズに連携出来るかどうか。Unityというメジャーなゲームエンジンを使うことになるのだが、蒼真が最後に触ったのは、今から四年以上前の大学時代であり、今のバージョンには正直慣れていない。

そのためにも、手元にある光莉や美月が作った素材（アセット）をもとに、早めにプロトタイプを作り上げて、完成をイメージする必要があるだろう。

蒼真は時間を忘れて、実装作業に没頭する。

そして、まもなく、開発環境（ステージングサーバー）で、仮組み（ビルド）したプログラムを実行（デプロイ）しようと、エンターキーに指を伸ばしたとき、ディスプレイにカレンダーの通知が現れた。

予定：十分後、一七時三十分からＭＴＧ。駅前ファミレスにて。

「え…………？」

ＰＣの時計は十七時二十分を示していた。

「やべっ！」

蒼真は顔を青ざめさせ、慌てて立ち上がった。

朝から作業に没頭しているうちに、いつの間にか夕方になっていたのだ。

鞄（かばん）にモバイルＰＣと手帳を放り込むと、ジャケットを羽織り、急いで玄関からマンションの廊下に飛び出す。

ここから駅まで走って、なんとかぎりぎりで間に合うかどうかだ。身内の打ち合わせだし、別にちょっとくらい遅れても問題は無いはずだが、社会人として示しがつかないし、なにより美月が冷たい目を向けてくるのが容易に想像出来る。


月曜日の夕方の駅前は、買い物帰りの主婦や、学校帰りの学生で混み合っていた。

ビルの階段を上がり、いつものファミレスに入ると、奥の四人がけのテーブル席に、制服姿の光莉と美月が向き合って座っていた。

時刻は十七時三十分ちょうど。

光莉の隣に蒼真は座り、

「ごめん、待たせた」

「んーん、作業してたし、大丈夫！」

光莉は笑顔で首を横に振るが、美月は目を細めて、じろりと蒼真をねめつけると、

「時間通りではありますが、いい大人なんですから、五分前行動を心がけてください」

「……はい」

「ほら、みーちゃん、敬語はダメだってば」

「そうだったわ。――大人なんだから、五分前行動を心がけろ」

あたりの強さに肩をすくめる。

タッチパネルでドリンクバーを頼みながら、お昼を食べていないことを思い出した。お腹(なか)も

空いたし、なにか軽食メニューでもないか、と眺めるものの、彼女たちはすぐに打ち合わせを始めたいだろうし、と思い直し、ページを閉じる。

その様子を光莉がめざとく見つけ、

「あれ、もしかして、そーまさん、お昼食べてなかったりする？」

「あ……、うん。でも、今食べたら夕食がはいらなくなるし、大丈夫」

「そうなの……？　うーん、じゃあ、夕飯はご馳走にしなくちゃね！」

「…………ご馳走？」

途端、美月がいぶかしげな表情になって、蒼真は慌てる。

いや、気づきはしないだろうけど、不審に思われる。

光莉も自分の失言に気づいたらしく、あわあわしている。

美月には、蒼真の家に光莉が住んでいることは伝えていない。生徒会副会長に知られることがどういうことなのか、さすがの光莉も、そこらへんの常識は持ち合わせているらしい。

どうにかしてごまかさなければ、と、蒼真は急いで付け加える。

「えーと、まあ、うん！　帰りに弁当屋で、唐揚げ弁当大盛りとか買って帰るかなー。いやそれよりも、見切り品の品揃えがいいスーパーとか知らない？」

美月が軽く咳払いをし、蒼真の台詞をスルーして言った。

「それじゃあ、時間も無いことだし、進捗状況の報告をしてもらえるかしら。モーションキャプチャーについて、大きな動きがあったのよね？」

「そうそう‼」

右手を挙げた光莉が身体をテーブルに半分乗り出して言った。

「チャットで送った通り、そーまさんの大活躍で、モーキャプスタジオをタダ同然で貸してもらえることになったの‼ それで、最初に考えていた予算より安くなったから、声優さんや、役者さんたちへの報酬を増やすことが出来るし……！ ね、みーちゃん、そーまさんはやっぱ、すごいでしょ⁉」

美月は艶やかな前髪をかき上げながら、少し怒ったような口調で言う。

「私たちのプロジェクトに入るくらいなのだから、それくらいの成果は出してくれないと困るわ」

それからちょっと、うつむき加減になると、少しバツが悪そうに小声で続けた。

「……とはいえ、元々は私の失敗だし、感謝はしている……」

「別に失敗なんかじゃないって！ 結果としてうまく行ったんだし！」

光莉がフォローし、蒼真も深くうなずく。

「正直言って、美月さんの進行管理能力はすごいと思う。これだけこなせる人は、社会人でもなかなかいない。というか、ヒット小説を書きながら、実務も出来る人のことを、ビジネスの世界では『スーパーマン』って呼んでるけど、まさにそう」

十一月のCBTまで残り七ヶ月半というタイトなスケジュールだけど、現時点でこれだけのアセットが揃えられているのは、実際、彼女の管理能力のたまものだ。これなら、五月に予定しているプロトタイプの完成も問題ないだろう。

「……薄っぺらい言葉で褒めてもらっても、なにも出ないわよ」

美月が微かに赤くなった頬を隠すように、視線をパソコンに落とす。

「まあ、蒼真さんに来てもらったことで、シナリオに専念出来るのはうれしいけど……」

それから、光莉が「みーちゃんは、かわいいなあ」と言いながら、タブレットの液晶をつけてテーブルに置いた。

「さてさて、スタジオも決まったことだし、いよいよ、３Ｄモデラーさんに依頼をしようと思っているんだけど、その相談をしてもいいかな？」

美月が画面に表示されたモデルを見ながら言った。

「この前、光莉がポートフォリオを転送してくれた人よね？　誰だっけ？　安土小次郎、っていったっけ？」

「そうそう！　小次郎さん！　すんごく腕が良くて、でも、どんなにお金を積まれても、自分がやりたいと思った仕事しか受けないっていう、伝説のモデラーさんだよ！」

「……で、この人は信用出来るの？」

「え、この腕前だよ！　大丈夫だよ⁉」

「そうじゃなくて。クオリティ以外の部分で、仕事相手として大丈夫かってこと。納期は守れるか、仕事で知り得た秘密は漏らさないか、変なトラブルは起こさないか」

美月は、かなり疑い深い。

とはいえ、どちらかというとアクセルを全力で踏み込む光莉に対して、ブレーキをかける美月という組み合わせはすごくいいな、と思う。

やっぱり世の中には悪い人がたくさんいるから、光莉のような神絵師にはそういうのが集まりやすいはずだ。そんな状況で美月が、厳しい目で相手を見極めるのは理想的である。一応、自分も彼女のお眼鏡にかなったみたいだし。

ただ、あまりに厳しすぎて、ちょっとおかしいけど有能な仕事相手を遠ざけるようなことにならなければいい。そのバランスを取るのが自分の役目かな、と蒼真は考える。

「うん。そういったところでも信頼出来る人みたいだよ。この前、他の絵師さんに聞いたら、こだわりはめっちゃ強いけど、いい人だって」

「そう。なら、とりあえずはいいわ」

光莉は上機嫌にうんうん、とうなずきながら、

「でもね。実は、小次郎さんは、まだ正式にお仕事を引き受けてくれるって決まったわけじゃないんだ。モデルを作るための三面図を送ったんだけど、向こうとしては追加の絵をもらってから、それで仕事を受けるかどうか最終的に決めたいんだって」

「ん？」

蒼真も美月も思わず顔を曇らせた。

キャラの三面図とは、正面、真横、背面の三方向から描いたもので、基本はこれをもとに3Dモデルを起こしていく。

「追加で求められているものってなに？　他の方向からの絵も欲しいってこと？」

「ううん」

光莉は首を横に振り、タブレットにDMを表示させて、笑顔で言った。

「『衣装を全部、剝ぎ取った三面図もいただけますか？』って。『あと、影宮さんが考える、そのキャラが最高に魅力的に見える、エッチなイラストもつけてください』」

「ダメだろ‼」

「ダメでしょ‼」

蒼真と美月、二人同時に立ち上がっていた。店内の視線が集中するが、そんなのはどうでもいい。

「光莉は、未成年、しかも女子高生！　なのに、そんな下心丸出しの依頼、とんでもないセクハラ野郎じゃない‼　というか、犯罪だわ！」

「そういう絵を出さないと、仕事を受けないっていうのは、脅しというか……、そもそも、信用が出来ない奴だと思う！」

二人に責められた光莉は、目を白黒させながら、逃げるようにソファの端に移動し、

「ちょ、ちょっと、二人とも待ってよ！　だって、裸ってデッサンの基本だし、なにもおかしいこと言ってないよね⁉」

「おかしいわよ！」

「とてもおかしい！」

「決めた。私、今、この安土小次郎とかいう奴のDMを、そのままSNSに貼り付けて炎上させる！」

そう言って、タブレット画面をスマホで撮ってしまう。

「やめて、やめて！」

光莉が美月のスマホを奪おうと、身を乗り出して両手を伸ばすが、バランスを崩してそのままテーブルに顔面を打ち付けてしまう。

「じゃあ、この小次郎とかいう男は無し。別の人を選ぶというならいいわ」

「それは絶対ダメっ！」

頰を膨らませ、タブレットに投影されたモデルを見ながら言う。

「小次郎さんじゃなきゃ、ダメなの！　というか、そんな下心なんてない！　ビジュアルを扱う同じクリエイターとして、この人がすごく真面目に創作に取り組んでいるってことは、絶対にぜーったいに、間違いないの！　あたしの命かけてもいい！」

「命をそんな簡単にかけないでほしいわ！　そもそも、相手が変態である以上、下手すりゃ、あなたの命がないのよ！」

意固地になった光莉と、顔を真っ赤にして説得を試みる美月。

蒼真としては、ここは美月が正しいと思う。いくら仕事とはいえ、明らかに女性とわかる絵師に対して、言語道断だ。

「みーちゃんのわからずや！」

「光莉が世間知らずなのよ！」

テーブル越しに、ぐぬぬ、とにらみ合う二人を前に、蒼真は頭をかく。

こうなったら光莉は絶対に納得しないだろうし、一方の美月も光莉を守るために折れることはないだろう。

とすると、自分がこの状況を解決するなにがしかの案を出さなければならない。

両方の希望を叶(かな)えるためにはどうすればいいか。

「そうだなあ……。じゃあ、こうしようか。光莉さんは、向こうの要望通りの絵を描く。ただし、それを渡すのは小次郎さんと直接会ってから。相手がどういう人かを僕と美月さんを含めた三人で見極めて、それで判断するというのはどうだろう？」

光莉と美月が顔を見合わせる。

「うーん。まあ、小次郎さんがそれでもいいって言うなら……」

「仕方ないわ。ただし、私がどうしようもない奴だと判断したら、そこで頬をひっぱたくらいはするかもしれないけど」

蒼真は内心でほっ、とする。

とりあえず相手と会えれば、その場で、仕事にかこつけて、こういうリクエストを異性に求めるのは非常識だ、と説教をすればいい。もしかして向こうも軽い気持ちで言ったのかもしれないし、実力で考えれば、安土小次郎に任せられるのが一番良いのだ。

とはいえ、微妙な空気になってしまった。まあ、すぐにいつもの雰囲気に戻るだろうけど、こういう場合は……。

「じゃあ、一件落着ということで、二人とも、なにかデザート食べる？　おごるけど」

「いいのっ⁉」

「…………！」

「ほら、今日で期末テストも終わったことだし、無事、二年生に進級するご褒美ということで！」

途端、女子二人が目を輝かせた。

「ねえねえ、みーちゃん、先週、この『春限定いちごあふれだすパフェ』、食べてみたいって言ってたよね……！」

光莉が注文用のタブレットを指さしながら言う。

「う、うん……。だけど、その……、カロリーが……」

「大丈夫だよ！　その分、脳をフル回転させれば、あっという間に消費出来るって！　もし多かったらあたしが食べるし……！」

「そ、それなら、いいかな……」

「じゃあ、決まり！　あと、折角だから春限定メニューを、片っ端から試してみよう！」

言うなり、五つのデザートがカートに投入される。

「そ、そんなに食べるの？」

啞然として尋ねると、

「うん。あたしも絵を描くのに頭を使うせいか、すぐお腹が空くんだー！」

「でも、夕飯、入らなくなるんじゃない？」

「大丈夫、今日はちょっと少なめに作るし、そのときは、そーまさんに食べてもらうから！」

「……って、ちょっ！」

光莉も、今日二回目の失言に気づいて、あ、と口に手をやる。

恐る恐る、美月に視線をやるが、幸いにして彼女はメニューを見るのに集中していて、光莉の言葉に気づいていないようだ。

二人してほーっ、と深いため息をついたときだった。

「あのう……、どうもお世話になります……」

突然、横から男性の声がした。

顔を上げると、そこには小太りで、少し気弱そうなサラリーマンが、緊張気味に立っていた。

「あ！　カオスソフトの……！」

光莉が慌てたように、腰を浮かした。

「す、すみません！　忘れてました。今日、いらっしゃるということでした！」

「ちょっと、光莉！　こういうことはちゃんと共有してくれないと。……すみません、山田さん、いつもお世話になっております」

美月は光莉に文句をいいつつも、その場で立ち上がって丁重に頭を下げる。

どうやらこの人が、開発資金を提供してくれているカオスソフトの担当者・山田らしい。

蒼真との名刺交換の際には、彼はぺこぺこ頭を下げながら、

「お名前はかねがね伺っております。いや、本当に一線で活躍されているエンジニアさんに来ていただいて、私どもとしても心強い限りです、はい……」

まだ春だというのに、吹き出る汗をハンカチで拭いながらそう言った。

第一印象では、ちょっと頼りなさげだけど、悪い人ではなさそうだ。

蒼真の向かい側、美月の隣に座ってもらったところで、先ほど注文した大量のデザートが運ばれてきてしまい、美月が恥ずかしそうに顔をうつむかせる。

「山田さんも食べます？」という光莉の提案に、彼は人の良さそうな丸っこい顔をほころばせ

て、

「あ、じゃあ、是非！　私、甘い物に目が無いので」

と言って、いちごのショートケーキが載ったお皿を自分の側に引き寄せ、大口を開けて美味しそうに食べながら、じゃあ早速打ち合わせを始めましょうか、とパソコンを広げた。

彼の今日の訪問目的は、定例での進捗確認ならびに、蒼真との顔合わせということで、蒼真から一通り説明を受けた後、蒼真が作ったスケジュールや、光莉が新たに描き起こしたイラスト、それに美月があげたシナリオを順番に眺めながら満足げに言った。

「いやあ、いいですね。影宮先生の新しいイラストも刺さりましたし、今、拝読した望月先生のシナリオも面白かったです。それに……」

彼が顔を上げて蒼真を見て言った。

「モーションキャプチャーの件については、正直なところ、私も先日、影宮先生から教えていただくまで知らなかったのですが、天海さんが帝国エアーエッジ社の協力まで取り付けて、無事実現にこぎ着けることが出来たとのことで、いやあ、本当に驚いています！」

「はい、これで大きな問題が無ければ、予定通り、各種アセットを準備した上で、サーバ構築に進み、予定通り、五月のプロトタイプ版作成と、十一月からのCBTに間に合わせることが出来ると思います」

「なるほど……」

と、急に山田の表情が曇り、視線を落として黙り込む。

「山田さん……？」

どうかしたのだろうか。

彼はコーヒーを一口飲むと、視線をパソコンに落とし、やや小声になって言った。

「そのことなんですが、スケジュールの件で、ちょっとみなさんにご相談がありまして……」

「……………？」

「CBTの開始時期を少しだけ早めることって、可能……でしょうか？」

蒼真と光莉、美月の三人は思わず顔を見合わせた。それから、蒼真が代表して尋ねる。

「あのう、早めるって、具体的にはどれくらいを想定していらっしゃいますか？」

「そ、そうですね。たとえば……、夏……、七月……、とか……」

「な……っ⁉」

「夏……⁉」

「七月、ですか⁉」

三人が、一斉に腰を浮かす。

「いや……、あのですね……。私個人としては、それは非常に難しいお話だとは重々承知はしているので、駄目元で伺ってみたのですが……、いや、やっぱりダメですよね。あはは……」

山田はハンカチで額から流れ落ちる汗を拭きながら言う。

十一月から七月への前倒しなんて、非常識にもほどがある。少し迷ったものの、ここは蒼真が毅然とした態度を取るべきだと考えた。

「ご要望ということで、一応は検討させていただきますが、さすがに現時点でもかなり無理をしたスケジュールを組んでいます。これ以上、短納期になると、品質を犠牲にせざるをえません」

ＩＴ業界でもそうだが、筋の通らないクライアント要望に対しては、ある程度、きっぱりとした言い方でこちらの主張を伝えないと、後々、それが炎上の火種になりかねない。もちろん、相手が顧客である以上、それなりに相手の立場を考えて、対応はしないといけないのだけれど。

「そ、そうですよね！」

山田の顔から血の気が引いているのがはっきりわかる。

「だ、大丈夫です！　私個人としてもみなさんと全く同じ考えですから！　一応、上から聞くだけ聞いてこい、と言われただけですので、どうかお気になさらず……！　さ、スケジュールの件は忘れていただいて、プロモーション関係のお話をしましょうか！」

山田は、ひどく慌ててそう言って、新しい書類を取り出した。

光莉も美月も、いぶかしげな表情をしていたが、相手が話題を変えてしまったこともあり、それ以上はなにも言わなかった。

その後は、プロモの話や開発費用の受け渡しなどの実務面の話が続き、十九時半にはお開きとなった。

会計をしてくれた山田を全員で見送った後、光莉が大きく伸びをしながら言った。

「んー！ 順調だね！ さて、今日、帰ったら、早速、白呪術師のデザインに取りかかろうっと……！」

「あ、ちょっと待って。その子の設定とシナリオだけど、少し手直ししたいところがあるの。日付が変わるまでに改稿したものを送るから、その後でいいかしら？」

「いいよー！ 楽しみに待ってる！」

これから予備校の夜間講座に行ってくるという美月を見送り、二人は家路につく。日はすっかり暮れ、街路灯が照らす道を、会社帰りの人々が足早に通り過ぎていく。こうして見ると、皆、なにかに追われているような、どこか余裕がなさそうな表情をしている。

「そーまさん、どうしたの？ 難しい顔をして」

「えっ！ いや、別に大丈夫だよ！」

蒼真はつとめて明るく返すが、その実、打ち合わせのときに山田が口にした、スケジュールの件が妙に引っかかっていた。彼はすぐに忘れて欲しい、と言ったものの、いやな予感がする。

「で、今晩はどうする？ すきやきとかいいかなー、って思っているんだけど！ みーちゃんから、シナリオが上がってくるまで、少し時間がかかると思うし」

「あ、うん。いいと思う」

「じゃあ決まりだねっ！　スーパー行こっ！」

腕組みをしようとしてくる光莉を慌てて押しとどめつつ、蒼真はなんともいえない不安が押し寄せてくるのを感じていた。

2

三月十八日、金曜日の夕方。光莉と美月、そして蒼真の三人は、池袋駅東口から少し離れたところにある、指定された喫茶店へと向かっていた。

目的は、3Dモデラーである安土小次郎に会うため。

地下にある小洒落(こじゃれ)た喫茶店に入り、女性店員に待ち合わせをしている旨(むね)を告げると、奥のソファ席へと通された。

待ち合わせ時刻は十八時だが、まだ、相手は来ていないようだ。

光莉は、小次郎と会えることが楽しみらしく、さっきからそわそわ落ち着かない。

「ねえ、見てみて、これ！　すっごく気合いいれて描いたんだー！　あたしの中ではここ最近で、一番の出来！」

そう言って、戦闘に負けて衣装が破れた『氷柱(ひょうちゅう)の精霊少女・レイラ』のあられもない姿が映し出されたタブレットをこちらに見せてくるのに対して、蒼真は顔をひきつらせる一方、美月は怒ってそれを奪い取る。

「だから！　それを見せるのは、私たちが相手の人のことをちゃんと見極めてから！　ヤバい人だったら、即依頼をキャンセルするんだし！　それに修正が甘い！」

「うー。みーちゃん、そんなに人を疑ってばかりなのはよくないよ……」

「光莉は人との距離感がバグっているの！　女の子なんだから、自分の身を守るためにも、基本、相手を疑うくらいがちょうどいいの！」

二人の微妙にかみ合わない会話が続いているとき、女性店員が一人の客を連れて、こちらの席にやってきた。

その客は、──プロレスラーかと見まがうばかりの巨漢で、スキンヘッドに、サングラスという出で立ち。日焼けした顔には、大きな傷痕が目立つ。

「こ、こちらに、な、なります……」

店員の案内に、男は無言でうなずくと、蒼真達の真向かいのソファに座った。

「…………」

美月は目を白黒させたまま、一瞬、言葉を失い、蒼真もあまりの威圧感に頭が真っ白になる。

「あ、あのっ……！　安土さん、ですよね……！　お会い出来てとてもうれしいですっ！」

一方の光莉はちっとも物怖じせず、目を輝かせながらテーブルから身を乗り出す。

と、男はやおらサングラスを外すと、光莉と美月、そして蒼真を、順番に眼光鋭く睨め付けてきた。

思わず逃げ出したくなるが、光莉達の手前、そういうわけにもいかない。

「それで……？　君たちが、クライアントというわけなのか？」

ドスのきいた低い声に、蒼真は心底震え上がる。

あまりにも、想像と違う風体なんだけど……！

「はいっ……！　あたしがクリエイティブユニット・スカイワークス代表の羽白光莉です！

これからどうぞよろしくお願いいたします！」

光莉が立ち上がり、堂々と名刺を差し出すのに続いて、戸惑いを隠せない様子の美月、そして、手足の震えが止まらない蒼真がそれに続く。

緊張に裏返った声を、辛うじて絞り出しつつ、「お……、お世話にぃ……、なります……」というのがやっと。

男はテーブルに並べた三枚の名刺を、腕組みしつつじっくりと眺めた後、ふと顔を上げて言った。

「仕事を受けるかどうかは、まずは契約書を見せてもらってからだ」

「契約書、ですね……！　こちら、どうぞ！」

光莉がタブレットを相手に差し出す。画面に表示されているのは、蒼真が念のために作ったばかりの、安土に対する業務委託契約書だ。男は視線を落とし、注意深く読み始める。

だけど、と蒼真は違和感を覚える。

確かに、アプリ開発などでは契約書の取り交わしは一般的だが、ならばどうして、光莉が最初に連絡をした時点でそれを求めなかったのだろう。

「ふむ。まあ、一般的な業務委託契約書だな。……ただ、いくつか気になるところがある」

そう言って男は顔を上げ、鋭い眼光を蒼真達に向けた。

「この報酬についてだが、全額、前払いにして欲しい」

「…………え？」

蒼真は思わず聞き返してしまった。

光莉達も戸惑いの色を浮かべる。

「いるんだよ、世の中には。納品したあとに、報酬を払わずにばっくれる奴がな。今まで、散々、そういう奴らに痛い目に遭ってきた以上、前金でお願いすることにしている」

……いや、その気持ちはわかる。会社の仕事でも、信用調査をかけて、慎重に取引相手を選んできても、いろいろな理由で債券が焦げ付く――、つまり、お金を回収出来ないことも往々にしてあった。

ただ、そうは言っても、こちらも潤沢に手元資金があるわけではない。全額前払いとなるとなかなかきつい。

美月が相手を見据えて言った。

「私、望月海築と影宮夜宵は、業界でもそれなりに知名度があるクリエイターです。金銭トラブルが発生した場合には、私たちにも相応のダメージがあります。私たちを信用していただくということは出来ないのでしょうか」

男は眉一つ動かさずに言った。

「難しいな。この前も、そう言われて受けた案件が、開発が途中で頓挫して、未払いとなった。先方からはほそぼそと返してもらってきたものの、最近では入金も滞りがちという状況だ」

「…………っ」

光莉が息を呑む音が聞こえた。

「その件については、『クリエイター同士の信頼関係』という、相手にとってだけ都合の良い言葉にだまされた自分が馬鹿だったと思っているがな。だから、前払いがこの案件を受ける最低条件だ」

しばらくの沈黙の後、光莉が膝の上に手を置き、相手に向き合って言った。

「確かに、おっしゃる通りです。私たちも甘えていたと思います。……わかりました。ご要望通り、前払いという条件を……」

「ちょっと、光莉！　それは……！」

美月が慌てて止めに入る。そんなことをしたら、他の開発に回す費用が足りなくなるのは明白だ。それに、もし前払いをして、相手が逃げてしまったとしたら？

光莉が必死な表情で、美月を、そして、蒼真を見る。

蒼真は深く息を吸い込んで考える。なにか良い手はないものか。四年近い自分の社畜経験から、今回と似たような事例は……。

自然と蒼真の口から言葉が出てきた。

「ご懸念はごもっともかと思います。ただ、やはり全額前払いとなると、私どもとしてもキャッシュの観点から厳しいのが実情です。従って、別のご提案があります」

男が蒼真に鋭い目線を向けた。

「私どもからの発注は、モデル一体ごとの最小単位とさせていただき、まずは手付金として報酬額の半分をお支払いし、納品後に残り半分を精算する、というやり方はいかがでしょうか。ある程度、信頼関係が出来たら、発注単位を増やしてもいいかと思います」

双方にリスクはある形だが、これが現実的な案だろう。

相手は細めた目でじっと蒼真を見ていたが、やがて、小さくうなずくと、

「ふむ。君は、そこそこビジネス経験がありそうだな。契約の重みということがわかっている。その案でいいだろう」

「じゃあ……！」

光莉達の顔がぱっ、と華やいだ。

「ただし、この契約書には致命的な箇所がある。そこが、今、私が最も不安に思っていること

だ。未成年への発注である以上、保護者の同意書が必要であるという条項を入れるのは、当然、事前に配慮されてしかるべきじゃないのか？　そうじゃないと、私は親として認めるわけにはいかない」

「…………………はい？」

言われた意味が理解出来ず、間抜けな声が出てしまった。

光莉と美月もぽかんとして、蒼真と顔を見合わせる。

「未成年……？」

「保護者……？」

戸惑う蒼真達の様子に、男も「…………………ん？」と違和感を覚えたようだった。

蒼真は恐る恐る尋ねる。

「あのう……、失礼ですが、もしかして、安土小次郎さん、ご本人ではない……？」

「………」

男は一瞬、言葉を失うと、肩を落とし、大きくため息をついた。

「大変な失礼をいたしました」

そう言って、深々と頭を下げる。

「今日は、私が保護者として、最初にみなさんにお会いし、そこで大きな問題が無いようなら具体的なお話をする段取りを想定していました。本人には事前にみなさんにお伝えするように言っていたのですが……。ご不快な思いをさせてしまい、誠に申し訳ございません」

態度をがらりと変えたスキンヘッドの男が、丁重に詫びの言葉を述べつつ、蒼真達にもう一度頭を下げる。

「い、いえ……っ！　そ、その……、頭を上げてください‼」

強面の男が、女子高生二人と社畜の前で頭を垂れている絵面は、周りからかなりの注目を集めてしまっていた。

「自分たちが勘違いしていただけですので！」

相手は青白い顔で、大きな手でスマホをつかむと、たどたどしい手つきでなにかを入力しはじめる。

「ただいま、本人を呼びますので少々お待ちください」

それから五分ほどが経ったころ。

一人の女の子が、蒼真達の席に近づいてくるのに気づいた。

胸元に黄色いリボンをつけた制服姿の、小柄な少女。

彼女はテーブルの脇に立つと、蒼真達を見ながら、

「……はじめまして。安土小次郎……、こと、安土凛。中学一年生です」

淡々とした口調でそう言って、サイドテールを揺らしながら、ぺこりと頭を下げた。

「はいー⁉」

光莉が勢いよく立ち上がり、美月は目を大きく見開いたまま固まっている。蒼真に至っては、鳩が豆鉄砲を食ったようにぽかんと口を開けている。

それから、小次郎……、いや、凛はスカートの裾に手をやって、父親の隣にちょこんと座ると、注文を取りに来た店員に「特製いちごパフェを一つお願いします」と言った後は、無表情のまま蒼真達を見ている。

ガラスのような細い手足に、翠玉のような丸い瞳は、なんとなく子猫を思わせる。

「見ての通り、彼女はまだ中学生ですので、お仕事については、トラブルを防ぐために、事前に私の許可を得た上でやるように言いつけているのです」

父親が肩を落としながら言った。

「そ、そうだったんですね……」

「しかし、今回の件については、本人の様子がどうにもおかしいことに気づき、問い質したところ、既に本日、みなさんとお会いすることを既に約束していたと聞き、慌てて私が出張ってしまったということで……」

そして、彼は少し険しい顔になって隣の娘に尋ねる。

「凛、どうして、みなさんにお父さんが最初にお会いすることをお伝えしてなかったんだい？」

「ん……。いろいろやることがあって、すっかり忘れてた。本当にごめんなさい」

眉尻をわずかに下げ、父親と、そして蒼真達に深々と頭を下げる。

それから、顔を上げると、光莉を見て言った。

「でも、おかげで、一つ、モデルが出来上がった。今日、ここで、影宮先生に見て欲しくて、すごく頑張った」

「えっ、ほんと……!?」

光莉が、身を乗り出す。

凜は鞄の中から、やたらと大きなノートPCを取り出すと、開いた画面を光莉達に向ける。

そこには、氷のレイピアを構えた精霊少女・レイラの3Dモデルが映し出されていた。カメラの視点が三百六十度ゆっくりと回転するのにあわせて、少女の側面や背面のディティールもはっきりと描かれていく。

氷のように冷たく光る水色の瞳、淡く透き通るような白銀の長い髪、なめらかな肌触りを想起させる、彼女の身を護る群青色の衣装、そして、天に向かって掲げられる片手剣。

光莉の手描きの味を残しつつ、見事に立体化されたモデルだった。

蒼真も、美月もはっ、と息を呑む。

「……すごい………」

光莉が、どこか呆けたように、ぽつりとつぶやいた。

続いて、ディスプレイに更に顔を近づけると、

「あたしのレイラが、動いてる……」

そう言うなり、唐突に立ち上がった。

続いて、凛の真横に回り込むと、その小さな両手を固く握りしめる。

「凛ちゃん！　本当に、ほんとーに、ありがとうっ‼」

突然のことに凛は目をまん丸に見開いたまま、固まってしまう。

それから次第に頬を赤く染め、恥ずかしそうにうつむくと、

「……影宮先生に喜んでもらって、凛は、うれしい……」

その光景を見て、蒼真はほっとする。

良かった。一時はどうなるかと思ったけど、この調子なら、安土凛──３Ｄモデラー・安土小次郎とも良い関係を築けそうだ。

「あんなに楽しそうにしている娘は、久しぶりに見ました。みなさんと歳も近いですし、彼女も安心してお仕事が出来ると思います。どうか、凛をよろしくお願いいたします」

父親もうれしそうにそう言い、巨体を折って頭を下げる。

「……でも。凛は、まだ引き受けると決めたわけじゃない」

「…………へ⁉」

光莉が素っ頓狂な声を上げて、固まった。

「凛は、追加の絵をもらって、それから判断したい」

「あ……、そうだよね。頼まれていたよね。それで、凜ちゃんがあたしの絵に納得出来れば、晴れてお仕事を受けてもらえるということでいいのかな？　……うん、あたし頑張る！」

「……あ、それ、違う。誤解。納得出来るかどうかは、凜が作るモデルについて」

「どーゆーこと？」

「凜はまだ、影宮先生の絵の魅力を、最大限、３Ｄモデルに展開し切れているとは思っていない。料理で言えば、素材の味を生かし切れていないということ」

凜は、一呼吸おくと、真剣な目を光莉に向けて言った。

「……だから、素材そのものをもっと研究して、モデリングしたい。それで、凜自身が納得出来たら、お受けしたい。それが、影宮先生への礼儀」

「凜……ちゃん……！」

光莉が目を潤ませ、身体（からだ）の前に掲げた両手を固く握り、

「あたしは、このお仕事、凜ちゃんに絶対にお願いしたいよ！　凜ちゃん以外に考えられないから……！　でも、わかった。そういうことなら、凜ちゃん自身がきちんと納得した上で受けてもらいたいな。だから、お返事は待つよ！」

凜は、一瞬、目を見開いた後、口元に微（かす）かな笑みを浮かべて言った。

「……そう言ってもらえて、うれしい。凜、がんばる」

「でもでも！　ＯＫ以外の返事はナシだからねっ！　それと、あたしのことは、影宮先生じゃ

なくて、光莉って呼んでほしいな！」

「光莉……ちゃん、とか……？」

「うん、よろしくね、凜ちゃん！」

固く握手をする二人を見て、美月が少し疲れた表情でぽつりと言った。

「……一応、修正はちゃんとしてからね」

父親が首を傾げるのを見た蒼真は、慌てて独り言のふりをしてごまかす。

「あー、契約書の文言、修正します……」

芸術性の問題とはいえ、レイラのHな素材の件は、後で、凜自身から父親にちゃんと説明するように言い聞かせておこう、と心の中で誓った。

3

四月も半ばに入り、あれだけ咲きほこった桜も散り、季節はすっかり春本番に移り変わっていた。

その日、蒼真は、午後三時からの打ち合わせを前に、東京駅近くのビルにあるコワーキングスペースのソファ席に座って作業を進めていた。

現在の作業内容は、凜が今朝、徹夜で仕上げてきた立ち絵の３Dモデルを、ゲームのストーリー画面に入れ込むこと。

「ここでアセットを呼び出して、と……」

ソフトウェアがデバッグモードに切り替わる。

画面下部に配置された白枠で囲まれたノベルウィンドウに、美月が書いたシナリオが流れ始める。それにあわせて、３Ｄモデルで作られたキャラが、身体(からだ)全体を動かして、喜怒哀楽を表していく。

「すげえ……」

思わず感嘆の声が漏れた。

モーションキャプチャーデータを元にして作られた3Ｄキャラは、システムだけで作られた立ち絵とは全く異なり、ぬるぬる動く。光莉や美月が生み出したキャラ達(たち)は、天才３Ｄモデラーである凜の手によって、新たな命が吹き込まれたのだ。

蒼真はうっかり画面に見とれてしまっていた自分の頬を軽くたたき、スケジュールを確認するために、ガントチャートを呼び出す。

モーキャプスタジオの確保と、凜の参加によって、今まで大きな懸念(けねん)事項であった、立ち絵やスキル発動時のモーションの制作が一気に進み始めた。この勢いを殺さないよう、スケジュール管理はしっかりやらないといけない。

最初の工程である、光莉のキャラは既に全五十体が完成していて、次の工程である凜の３Ｄ

モデル作成も、天才モデラーの手によって、予定より遥かに巻きで進んでいる。

一番、大変なのは、やはりアクターによる演技が必要なモーションキャプチャー。

格安で借りている帝国エアーエッジ社の専用スタジオにおいて、柔道黒帯である美月の演武や、役者たちの演技を撮影していくのだが、撮影作業は、光莉達の学校が終わった後の夜に限られてしまうことに加え、他社の案件があった場合は、そちらを優先的に使わせる必要があり、どうしても進みが遅くなってしまう。

遅延があっても大丈夫なように、確実にバッファーをもうけておく必要があるが、はたして、十分に足りるかどうか……。

蒼真が曲げた人差し指を唇の下に当てて、そんなことを考えていたときだった。

「やあ、天海君、久しぶり。忙しそうだね」

突然、真正面から声をかけられて顔を上げると、目の前のソファ席に、濃紺のスーツを着た、見知った女性——泉由佳が座っていた。

「あっ……」

腕時計に目をやると、ちょうど午後三時。

熱中するあまり、彼女との約束の時間が来ていることに全く気づいていなかった。

慌てて立ち上がり、「ご無沙汰しております！」と深々と頭を下げる。

彼女と会うのは、ちょうど一ヶ月前、三月半ばに退職の挨拶をして以来だ。前職のときには毎日のように顔を合わせていたのだから、久しぶりに会った、という感覚は二人とも同じだろう。

「仕事の方は順調かい？」

「ええ、まあ、なんとか。慣れないことばかりで大変ですが」

「そうか。確か、ゲーム会社だったよね」

「はい。とはいえ、まだ代表の個人事業で、法人化は来年以降の予定です」

「……そうだったね」

微かに彼女の顔が曇った。

退職の際、泉には、蒼真がこれからどこでなにをやるのか、ということは一通り話していた。オフィスビルの一階で、雨の中やってきた光莉と遭遇してしまったことをきっかけに、きちんと説明せざるを得なかったのだ。

もちろん、泉にはだいぶお世話になったこともあり、元々、簡単には伝えるつもりだったものの、それより事細かく話す羽目になってしまった。なお、当然のことながら、光莉が蒼真の家に、半ば住み着いてしまっていることは伏せている。

泉はしばらく下顎に拳をあてて、なにか考えていたようだったが、やがて、椅子から立ち上がりながら言った。

「向こうでコーヒーでも飲みながら話そうか」

　コワーキングスペースの隅には、コーヒーサーバーがもうけられ、一時利用の蒼真も含めて、来訪者は自由に飲むことが出来るようになっていた。

「ブラックで良かったか？」

「はい、ありがとうございます」

　泉からカップを受け取り、東京駅を一望出来る窓際のカウンター席へと向かった。

　一口すすったコーヒーは、悪くはないものの、光莉がいれてくれる方が格段に美味しいな、と思う。

「ああ、そうそう、まだ新しいところの名刺を渡していなかったな」

　左の席に座った泉から名刺を受け取って、蒼真は少し複雑な気持ちになる。

　　――ギーリル・ジャパンLLC
　　　アドテックセクション　シニアエンジニア　泉由佳

　世界的に有名な、外資系の大手コンサルティングファームの一社だ。ＩＴを活用し、世界百五十カ国に支社を置いて、名だたる大企業の経営戦略支援を手がけている。全世界での年間売上高二兆円という、その豊富な資金力を生かし、積極的な投資や企業買収を行っていることでも有名だ。

蒼真も含め、多くの人には予想がついていたことだが、泉は、蒼真とほぼ同時にラングリッド社を退職し、ギーリル・ジャパンにヘッドハンティングされていった。彼女なら当然、ギーリルで活躍することは疑いようもなかったが、ついこの間まで一緒に働いていた尊敬すべき先輩が、ずいぶん遠くの世界に行ってしまったかのような、少し寂しい感情を抱く。

そんな感傷を振り払うように、彼女に尋ねる。

「ギーリルって、やっぱり、かなり忙しいんでしょうか？」

「そうだなあ。実質稼働(かどう)していたのは、三月半ばからだから、まだ一ヶ月だが、体感的な忙しさは、前職の一三〇%くらいかな。ただ、今まであった余計な根回しとかがない分、ストレスは一〇%以下に減少した」

ストレートな言い方に、思わず笑みがこぼれてしまった。

「実は僕も同じ感想です。こうして考えると、今まで無駄な仕事をたくさんしていたんだなって」

「まあ、動脈硬化を起こした日本企業なんてみんなそんなもんだ」

そして、泉は砂糖を大量にいれたコーヒーを一口飲むと、つい、と細めた視線を蒼真に向け、

「……それで、君の方はどうなんだい？　プロジェクトは順調なのか？」

「はい、いくつかハードルはありましたが、一つ一つクリアして、現在、ほぼオンスケで進行

している」

「……ふむ。プロジェクトの仲間……、ずいぶん年下のようだけど、彼女たちとはうまくやれているのか？」

「ええ。一緒に仕事しているメンバーは、皆、スキルも情熱もありますが、自分が間違ったときにはきちんと間違ったと認識して、軌道修正が出来る柔軟さも持ち合わせています。その一方で、最もすごいな、と思ったのは、自分たちが絶対に譲れないものはなにか、ということもわかっていて、それを実現させるための執着心が非常に強いことです」

もちろん、詳細はぼかした上で、プロジェクトのスタートからどんなことがあったのかをかいつまんで話す。

一通り説明を終えると、彼女は、ふ、と小さな笑みを浮かべて言った。

「君はすごく生き生きした顔をしているな。前の職場のときとは全然違う」

「え……、そうですか……？」

確かにちょっと語る口調に熱が入ってしまったかもしれないけど。

「以前はなんていうか……、君は、怒りで仕事をしていたように思う。怒りは瞬発力をもたらし、処理能力を高める。……ただ、それは一時的なものだ。エナジードリンクを飲んだときのような、ね。いずれ息切れする」

「怒り、ですか……。全然、気づいていなかったです」

それを聞いて、蒼真は心の中がじんわりと温かくなっていくのを感じる。

多分、それはとてもいいことだ。

怒りを燃料に仕事をするのではなく、身体の奥底から湧き上がってくるアドレナリンで仕事を進めるのが絶対にいいに決まっている。

この転職は良かったのではないだろうか。そんなことを考える。

「………」

だが、泉は顎に手を当て、視線を、コーヒーカップを持った手元に落とし、なにかを考え込んでいた。

「……先輩？」

「あ……、ああ。なんでもない」

ハッ、と我に返って、コーヒーを飲み干す。

「それで、先輩、今日のお打ち合わせの内容というのは……」

「……そうだったね」

泉がバツの悪そうな顔をして、こちらを見た。

「君が新しい職場で実に楽しそうに仕事をしているのを知って、一瞬、この話はしないで帰ろうかと思ったんだが、それはそれで君に隠し事をすることになり、失礼な話だ、と思いなおした」

そう言いながら、彼女は鞄の中から、ギーリル社のロゴが入った白い封筒を取り出し、蒼真の目の前においた。

「これは……？」

「見てみたまえ」

促されて袋に手をいれると、中にはクリアファイルに収められたA４の書類が数枚入っていた。

取り出し、書類の表題を見る。

――天海蒼真　殿

ギーリル・ジャパンLLC　オファーレター

「オファー……？」

思わず眉根を寄せた。

書類の冒頭には数行、挨拶文が書かれていたが、目に入ったのは真ん中よりやや下の部分。

――貴殿を以下の条件で弊社にお迎えしたいと考えております。

部門：アドテックセクション　データサイエンスユニット

ポジション：リードエンジニア職
給与：一四〇〇万円（年俸制）

「…………」

無言で顔を上げるが、視界は宙をさまよう。

今、読んだ内容が頭の中に入ってこない。

「見ての通り、ギーリルから君へのオファーレターだ。私の推薦を受けて、うちの部門長から出させてもらった」

思わず泉の顔を見ると、彼女は後ろめたいのか、視線を逸らし、窓の外へと向けた。

「正直に言うと、あの会社が飲み込まれる数ヶ月前、私はギーリルへの転職の誘いを受けていた。そして、そのとき窓口だった担当者は、私が、私の部下だった君と一緒に来ることを期待していた」

「え…………？」

「最初にそれを聞いたとき、私から、それは本人の意思の問題だから束縛することは出来ない、と伝えたのだが、先方からは、ただ誘うだけなら構わないのではないか？　選択肢は多ければ多い方がいいだろう、という提案を受け、それもそうだな、と考えなおした矢先に、あの事業売却騒ぎだ」

蒼真は、当時の混乱を思い出す。

皆が、今後、どのような身の振り方をすればいいか、右往左往していた。

そんなとき、自分はたまたま光莉と出会って……。

「あの状況なら、間違いなく、君は私と一緒にギーリルに移った方が良かった。だから、私は、君と品川で飲んだとき、それとなく聞いてみたんだ。新しい挑戦をする気はないか、と」

「あ………」

「そのときの君の反応を見て、私としては、新しい場所に移っても、君と仕事が続けられる、と内心うれしく思ったんだが」

だが、蒼真は、その泉の言葉をきっかけに、ずっと迷っていたスカイワークスからの、光莉からの誘いを受けることを決めたのだ。

本当に、自分がやりたいことをやるために。

「すみません……」

「いや、君が謝ることじゃない。……とはいえ、さすがにその翌週、君が別のところに行くことを決めたという話を聞いたときには、少なからずショックを受けたのも事実だ。しかも、よく聞けば、会社の立ち上げに参画するということじゃないか。正直にいえば、退職届を受け取らなかったことに出来ないか、とも考えたがな」

「………」

泉は、ときどき、目的のためには手段を選ばないところがある。彼女がそう言うということは、実際に具体的な方法までは考えたのだろう。

蒼真はどう返事をすればいいかわからず、ぬるくなったコーヒーをすする。それから、ずっと引っかかっていたことを尋ねた。

「先輩は……、あきれませんでしたか？」

「なにをだ？」

「法人化もしていないところに行くなんて、無謀な決断だ、と」

「いや、逆にいい経験になるんじゃないか、と思ったよ」

即答だった。

「品川で私が言ったとおり、ヒト・モノ・カネ、なにもないところからビジネスをスタートさせる経験は、君にとって大きな財産となる。もちろん、うまくいかない可能性の方が遙（はる）かに高いが、人生においては、やらない後悔より、やった後悔の方が何倍も価値がある」

それから、泉は視線を窓の外に広がる、東京駅を中心とした丸の内街区に向けて言った。

「それに、この段階で、他の業界を覗（のぞ）いてみるのもいいことだろう。DX（デイーエックス）……、デジタルトランスフォーメーションなどという流行りの言葉（バズワード）の通り、ITは今、猛烈な勢いであらゆる産業に入り込み、複雑に融合している。そんな時代に、今後エンジニアが生きていくためには、異分野同士の掛け合わせの発想が出来るかどうかにかかっている」

「掛け合わせ、ですか……？」

「ああ。今まで、新しい産業が興るときにはそこには、必ず『掛け合わせ』の発想があった。例えば、交通であれば、紙の定期券や切符をＩＣカードにしたら、電子マネーという新しい概念と巨大な市場が生まれた。エンタメで言えば、モーションキャプチャー技術と動画配信を掛け合わせたことで、Ｖｔｕｂｅｒという文化と産業が出来た。運営会社は、次々に上場を果たし、新興株式市場でも注目の的だ。この流れは、今後も止まらないだろう」

言っていることはわからなくないが、実感としてはあまりピンと来ない。自分の経験が足りないからだろうか。

「君もエンタメの業界に入ったら、なにか掛け合わせのヒントが得られるかもしれない。それは、きっと今後の役に立つ」

それから泉は軽く息を吐くと、

「話しているうちに、説教くさくなるのは私の悪い癖だな」

そう言って苦笑しつつ、蒼真の目の前に置かれた書類に視線をやって言った。

「とりあえず、そのオファーレターは君に渡しておく。返事は一年先でも構わない。気が変わったら連絡をくれ。もっとも、そのときに私がギーリルに在籍していれば、の話だがね」

「あの、でも、僕は……」

泉の気持ちはありがたい。だけど、蒼真はもう決めたのだ。今更、光莉達を裏切ることは出来ない。

だが、泉は真顔になって、首を横に振った。

「それは私が……、いや、人材市場が、君を評価している証だ。持っていてもいいんじゃないか」

「………」

そして、彼女は腕時計にちらりと視線をやる。

「さて、私は次の用事があるから、このあたりで」

鞄を手に立ち上がり、出口まで見送ろうと立ち上がった蒼真を制止して続けた。

「まあ、今度、仕事とは関係なしに食事でも行こう。なにか食べたいものを考えておいてくれ」

そう言って颯爽とフロアから出て行った泉の後ろ姿を見送ると、蒼真はその場に立ち尽くしたまま、視線をテーブルの上に置かれたままのオファーレターに向けた。

率直に言って、ギーリル社に行くつもりなどは毛頭無い。ただ、泉の言った、自分を評価している証だという言葉が、頭からこびりついて離れなかった。

4

四月二十三日、土曜日の昼下がり。

いつものファミレスには、スカイワークスの全メンバー、光莉と美月、凛に蒼真の四人が集まっていた。今日は土曜日なので全員私服だ。

テーブルの上には、ドリンクバー用のグラス四つに、女の子達が注文したパフェやミルフィーユのケーキ。

「凛ちゃん、いちご、食べる？」

光莉が、目の前から、じっとパフェに視線を向けてくる凛に気づいて言う。

「……うん、欲しい」

「じゃあ……、あーん」

光莉がスプーンの上に乗せて差し出したいちごを、小さな口を懸命に開けてぱくりと食べる凛。口の中にいちごを頬張っているその様子は、小動物を思わせる。

「かわいいなあー」

凛は相変わらずの無表情だが、それでも、その仕草からは満足している気配がうかがえる。

一方、美月は目の前に広げたノートパソコンで自分の原稿を書きながら、不機嫌さを隠さず、はす向かいに座った蒼真に言う。

「ねえ、もう三十分は経っているんだけど、まだかかるのかしら?」

「もうちょっと待って……」

家を出る直前に、今日のデモに使うシナリオを差し替えてほしいとチャットを飛ばしてきておいて、それは無いんじゃないか、と思うものの、美月に面と向かって言う勇気はない。

それに彼女が、少しでも良い作品を作りたいと考えていることは、蒼真もよくわかっているからだ。

「よし、レンダリング終わり。ティザームービーを流す準備、出来たよ」

そう言って、PCモニタを外側に向けた途端、三人が一斉に身を乗り出してきた。

音で迷惑をかけないよう、周りに他のお客さんがいないことを確認し、

「じゃあ、行くよ……!」

蒼真がエンターキーを押すと同時に、黒い画面に切り替わり、静かにムービーが始まる。

――世界は、神々の怒りに触れた。

――全ての生きとし生けるものを無に帰すべく、

――神々は、火と、水と、土と、風を、世界から奪いはじめた。

光莉の描く荒廃した未来都市を背景にして、映画の字幕のように流れる美月のテキストだけでも、否応なく画面に引き込まれていく錯覚を覚える。

――だが、未来を信じた少年少女達は、武器を手に立ち上がり、

――神々への反逆を開始する。

様々なキャラクターのイラストが、スキル発動時の３Ｄモーションとともに、次々にカットインされる。

ライフルを手にした傷だらけの少女。

『世界は冷酷なんだよ。弱い者は滅びるだけだ』

ぬいぐるみを抱き、ドレスを纏った幼き魔術師の少年。

『ねえ、お姉ちゃん！　楽しい楽しい、神殺しをはじめよ？』

復讐を誓い、大剣を振るう、巫女の少女。

『あなたに私の命をあげる。それが私の生きた意味』

――――これは、希望と悲しみに満ちた、神殺しの物語。

――――そして、彼らが生きる意味を見つけるまでの物語。

――――Legend of the God Killer　Coming Soon.

約六十秒のティザームービーが終わり、みんなは放心状態で固まっていた。

それからややあって、互いに顔を見合わせる。

「すごく……、いいじゃん……、これ……！」

「悪く……、ないわ……」

「……うん。凜も、好き」

蒼真は、ほーっ、と深くため息をつく。

美月が書き下ろしたコンテに沿って、システム上のアセット群の中から、主要な素材をつなぎ合わせて作ったティザームービー。みんなで苦労して作った3Dモーションが動いているのを見て感動しないわけがない。

それに、美月のつてで無理矢理スケジュールをおさえて収録した、声優さんのボイスもキャラにばっちりはまっているし、光莉が友人に依頼したBGMと音声効果も決まっている。

「すごくない⁉　あたしたちっ⁉」

光莉が突然、席を立つと、蒼真に、美月に、凜にハイタッチをしてきた。

「これさっ！　絶対、ぜーったいに売れるよ！」

　目を輝かせ、身体（からだ）の前で両手の拳を握る光莉。

「ほんと！　みーちゃんのシナリオもさいっこーだし、凛ちゃんのモデルも完璧だし、そーまさんの作ったエフェクトもぬるぬる動いているし……！」

「光莉、ちょっとはしゃぎすぎだし、楽観的すぎ。そう世の中、うまくいくことばかりじゃないわ。常に最悪のことを考えておかないと」

　そういさめる美月の声もどこか上擦っている。

「……凛も、なんかビリッときた。うまくいえないけど、こういう感覚のときは売れる」

　凛の頬に微（かす）かに朱が差している。

「うん、僕も、なんかいけそうな気がする……！」

「とはいえ、ここで気を緩めてはいけないわ。私のシナリオは八割方完成しているけど、他の進捗はどうなのかしら」

　美月の質問に、蒼真はガントチャートを呼び出し、皆に見せる。

「モーキャプで半日分の工程遅れが発生しているけど、あとはオンスケ。モーキャプも来週には遅れを取り戻せる。とりあえず、十一月のＣＢＴ開始まで、全体進捗の二〇％まで来たというところ」

「このガントを見ると、プロトタイプ版の完成が五月一日、つまり、来週末ということになっているんだけど、それは順調なのかしら？」

凛が驚いたように、蒼真を見た。

「……そんなに早く出来るの？」

「あ、その件は……」

「ふっふっふー！」

蒼真が言うより先に、光莉が手元のスマホを掲げてみせた。

「その答えはここにっ！」

タップした直後、わずかなローディング時間をはさみ、前世紀の遺物であるスパコンが並べられた『司令室』が現れた。

と、画面左から、ライフルを手にした制服少女――『秘書』が現れて、微かに頰を赤らめる。

『司令、お帰りなさい。みんな、お土産を待ってた』

そのセリフに続いて、彼女の左右にメカニカルなメニュー画面が展開される。

『では、司令、私たちにご命令を』

「……っていう感じで、実はもう動いているんだよっ！　そーまさんが超特急で作ってくれたの！」

「い、いや……、それ、まだボタンとかモックのままだし……！」

慌てて蒼真が言うが、美月も凛も、光莉のスマホを奪って、画面をあちこちタップしまくる。

「本当に、動いているわ……。デイリーのバトルも出来る……」

「……バトルでのスキル発動への切り替えも自然……」

それから、美月が据わった目で、ずい、と蒼真に迫ってくる。

「どうして光莉にだけ先に渡したの？　すぐに私のスマホにもいれなさい」

「……凛も欲しい。これは命令」

二人からそれぞれのスマホを突きつけられ、蒼真はのけぞる。

「さ、さっきも言ったけど、ゲームバランスの調整もこれからだし、プロトタイプとはいえ、まだ完成なんていえるレベルじゃなくて……！」

「じゃあ、明日の朝までに終わらせなさい。これは、新・生徒会長命令」

「……蒼真、ここは頑張りどきだと思う」

「ひぇっ⁉」

助けを求めようと隣の光莉を見たら、彼女はにっ、と笑い、右腕に力こぶを作って見せた。

まじか……。

「じゃあ、明日、楽しみにしているから！」

「凛も徹底的にやりこんで、すぐにフィードバックする」

こんな真剣な表情を向けられ、もし明日、出来ませんでした、となったら一体なにをされるかわからない。

「………うん、やるだけやってみる……」

蒼真が力なくつぶやき、がくりと肩を落とした途端、急に光莉が蒼真の両手を手に取り、

「やった！　そーまさん、ありがとうっ‼　めっちゃ感謝だよ！」

それから上下にぶんぶんと振りながら言う。

「今晩は眠らせないし、あたしが手伝えることはなんでもやるから遠慮無く言ってね！　ふぁいとーっ！」

誤解を招きかねない言葉に、他の二人が少し怪訝（けげん）そうな顔をしていたが、最早（もはや）、蒼真にフォローする余裕もない。めまいがするのを必死にこらえながら、今晩中にプロトタイプを形にするにはどうすればいいかを必死に考え始めていた。

5

その日の深夜〇時過ぎ、蒼真は必死にパソコンに向かっていた。デスクトップＰＣがレンダリングをしている間は、モバイルＰＣ側で未完成のコードを書く。

とにかく時間が無い中、プロトタイプの完成を目指して、最低限の動作を実現させることだけに集中していたから、自室のドアが、ノックされていたのにも気づかなかった。

「そーまさん！　夜食、出来たよっ！」

「…………………ひっ！！！？？」

　突然、耳元で光莉の声がし、蒼真は椅子ごと後ろにひっくり返りそうになった。

「お、脅かさないでほしい……」

「あっはははー。だって、そーまさん、全然気づいてくれないんだもん！」

　光莉がそう笑うのにあわせて、風呂上がりであらいざらしの髪が揺れ、ほんのりとトリートメントの甘い匂いが漂う。ピンク色のパジャマ姿が、いつにもましてかわいらしく見え、蒼真は思わず目をそらす。

　それから椅子に座り直すと、デスクの脇にトレイが置かれた。お皿の上には、一口大の小ぶりなおにぎりが十数個並んでいる。

「これ実は全部、中の具材が違うんだよ！　梅、鮭、昆布といったオーソドックスなものから、アボガド、クリームチーズといった変わり種もいれてるの！　何が入っているかは食べてからのお楽しみ！」

「あ、ありがとう……。でも、ちょっと量、多くない？　さすがにこんなには食べられないんだけど……」

「えへへ。これは二人分。今夜はあたしも頑張るから！」

　そう言うと、テーブルの上に置いたタブレットを持ち上げてみせた。

「そんな、無理して付き合わなくていいのに」

「ううん。そもそも、こうなったのも、あたしがみんなにプロトタイプを見せちゃったせいだ

し！」

光莉が首を横に振って苦笑いしたのにつられて、蒼真も思わず笑って言う。

「……でもまあ、美月さんと凛さんから、あんな期待された目を向けられたら、流石に断れないよ。それに開発スケジュールはほぼオンスケとはいえ、それほど余裕があるわけでもないし、出来る限り前倒しして進めておきたい」

「そっか、じゃあ、あたしも頑張るね！」

そう言って、やるぞぉー、とテーブルの前に座り、タブレットで線画を描き始める。

今、彼女が描いているのは、メインストーリー第五話の画像。物語序盤における山場の一つで、災禍によって家族を失って以来、ずっと心を閉ざしていた巫女の少女が、プレイヤーと出会ったことで心を開いていく場面だ。

蒼真もシナリオを読んだとき、少し泣きそうになった。

それから一時間ほど、夜食を食べつつ、それぞれが作業を進めたとき、光莉のスマホがぶるりと震えて、チャットが来たことを告げた。

「あ、お父さんからだ！　『今、なにしているか？』だって」

「………⁉」

蒼真の心臓が急にわしづかみにされたかのような錯覚を覚える。

「えーと、『チームの人の家で作業してるよ。お父さんも仕事頑張って★』と……。はい、送信」

　血の気が自分の顔から急速に引いたのがわかった。

「……あの、本当に、お父さん、うちのこと、知ってるんだよね？」

「ん……！　大丈夫だって！　なんなら今度、ちゃんと紹介するからー！」

　本当だろうか。普通の父親なら、大人の男の一人暮らしの家に、娘が泊まっていたらさすがに心配すると思うけど。

「むー。そーまさんが信じてくれない！」

　光莉が頰をリスのように膨らませる。

「ぐっ……。というか、そもそも、僕なんか信用して大丈夫なの？　一応、その……、お、男だし……」

　と、光莉がにやりと意地悪そうな笑みを浮かべて言った。

「じゃあ聞くけど、そーまさん、モノホンのＪＫを前にして、ご自分にそんな勇気があると本当にお思いで？」

「…………ない」

「でしょ？　わかったら、作業に戻る！」

　光莉の命令で、彼女に背を向け、ＰＣ画面に向き合う。

　レンダリング開始ボタンを押して、進捗バーの色が左から右にゆっくり変わっていくのを眺める。

……とはいっても、やっぱり相変わらず不思議だ。

確かに、チャットや会議アプリなど、ネットのツールが増えたとはいえ、共同作業をするならこうやって同じ部屋でやった方が、効率は良い。コミュニケーションの質が段違いだからだ。これはIT業界にいた四年間でいやというほど思い知らされた。

だけど、だからといって、なぜ彼女がここまで自分に全幅の信頼を寄せてくれるのか、その理由がよくわからない。

過去、自分が作ったゲーム『風の砂漠と飛行機乗りの少女』の体験版に感動したから？

確かに、蒼真にも、人生に影響を受けたゲームはいくつもある。そういう経験があったからこそ、学生の頃に、自らサークルを作って、ゲームを作ろうとしたのだ。

だけど、制作者を見つけ出して、その家に転がり込んで、ゲームを作るなんてよほどのことだ。あの体験版が、そこまでの影響を彼女に与えたということだろうか？　いや、まさか、さすがにありえない。

そんなことをつらつらと考えていると、いつの間にかレンダリング作業は終わっていたらしく、アプリの画面が表示されていた。

「うーん」

蒼真がモヤモヤした気持ちを抱えながら、作業に戻ろうとしたとき、

「…………おかあ…………、さん……」

「…………ん？　今、なんか言った？」

光莉がぽつりとなにかを言ったような気がして、背後を振り返る。

「…………光莉さん？」

光莉はタブレットペンを持ったまま、すうすう、と小さな寝息をたてつつ、船をこいでいた。

どうしようかと迷ったものの、ここで起こすのも忍びない。

蒼真は自分のベッドからタオルケットを取ると、そっと光莉の肩にかける。

それにあわせて、彼女はテーブルの上に置かれた腕を肘枕にして、顔を横に向けて眠りに落ちてしまう。

タオルケットに包まれた肩が、寝息にあわせて上下し、微かに開かれた唇から柔らかな寝息が漏れる。そのふっくらとした唇は、薔薇の蕾のようでやたらとなまめかしく、蒼真は思わず息を呑むと、慌てて視線を逸らす。

脈が速くなる。

やばいやばい。光莉があんなことを言うもんだから、変に意識してしまうじゃないか。

蒼真は軽く自分の頬をつねると、彼女に背を向け、自分のデスクに向き合う。

作業に集中しなければ。

……と、そのとき、メールアプリに新着メールの通知があることに気づいた。しかも、蒼真のスカイワークスのアドレス宛てのメールだ。

　こんな時間に誰だろう？　と思ってクリックすると、差出人は、カオスソフトの山田で、送信時刻は、午前二時すぎ。

　こんな遅くまで大変だな……、と思い、読み進めていく。

『……早速、ムービーを拝見させていただきました。とても素晴らしい完成度で、これなら、ゲーム本体もとても良いものが出来上がるに違いないと、弊社の関係者一同、大変、期待を高めております……』

　内容は、夕方に送ったティザームービーに対する感想であったが、本文を読み進めていくうちに、蒼真は戸惑いを隠せなくなる。

『……その一方で、みなさまもご承知置きの通り、昨今の市場環境の急激な変化は、我々の想像を超えるところがあり、今後、事業を展開するにあたって、考慮しなければいけない状況となっております。つきましては、作品の商業的な成功確率を上げるという観点から、今一度、みなさまと今後の進め方についてお打ち合わせの場を持たせていただけないでしょうか……』

　ビジネス的な、もってまわったような、回りくどい言い方だが、その文章が意味するところは蒼真にもわかった。良くない話を持ち出すときの、常套句ばかりが並んでいる。

　蒼真の額に冷たい汗が流れていくのがわかる。

　メールの最後は、来週の前半に本社に来られないか都合を尋ねる文面で締められていた。

蒼真は思わず、後ろを振り返った。
そこにはテーブルの上で肘枕をして、幸せそうに寝息を立てている光莉の姿があった。

CAPTER 04

チーム全員、総力戦で挑む。

1

四月二十五日、月曜日の午後五時。

渋谷にあるカオスソフトの本社にて受付を済ませた蒼真と光莉は、ロビーの待合スペースに腰掛けて、迎えが来るのを待っていた。

「うーん。プロモーションの話とかじゃないかな⁉　ほら、今度の幕張（まくはり）ゲームショーで展示をしませんか、とか！　もしそうだったら、ブースのコンパニオンを、コスプレイヤーさんにお願いするのはどうかな⁉　そしたらめっちゃ気分、上がるし！」

光莉は口ではそういうものの、制服のスカートの上に置かれた彼女の両手は、さっきからぎゅっと固く握りしめられたままだ。

昨日、日曜日の深夜に、山田から受け取ったメールには、今後のことについて早急に打ち合わせをしたい、という旨（むね）が書かれていた。四人で相談した結果、あまり大人数で押しかけても良くないだろう、と思ったことと、美月は、新・生徒会長として、生徒会の定例を欠席するのは難しいということで、蒼真と光莉の二人で行くことにしたのだ。

やがて事務の女性がやってきて、二人は六人掛けのテーブルが置かれた会議室に案内される。奥には大きな窓硝子(ガラス)があり、そこからは曇り空の東京の街並みが見渡せた。

上座でしばらく待っていると、ドアが軽くノックされ、山田とその上長らしきジャケット姿の男性が入ってきた。年齢は四十そこそこだろうか。

受け取った名刺には、『ビジネスアライアンス部　部長　沢上慎也(さわがみしんや)』とあった。

蒼真は、一瞬、あれ？　と思う。どこかで聞いたことがある名前だった。確か、蒼真が好きなゲームのプロデューサーだったような。

「わざわざご足労いただき申し訳ありません」

「いえ、こちらこそ遅い時間にありがとうございます」

沢上部長の物腰は柔らかいが、目は笑っていない。一方の山田の視線はあちこちさまよい、どこか落ち着きがない。

沢上はテーブルの上に両手を組み、落ち着いた口調で話し始めた。

「私もティザームービーを拝見しました。影宮さんをはじめとした、才能あふれる若手クリエイターの方々の力が存分に発揮されており、大変素晴らしい出来だと感心いたしました」

「あっ、ありがとうございます！」

光莉が上擦った声で勢いよく頭を下げた途端に、思いっきり額をテーブルに打ち付ける。

蒼真は、いやな予感がするのを必死で抑えながら、形だけは頭を下げる。

「一方で、商業作品として世に送り出す以上、最適なタイミングでリリースをする必要があります。タイミングを間違えれば、折角の良い作品も埋もれてしまうことになりかねません。それは非常にもったいないことですし、避けるべきことです」

回りくどい言い方に、光莉が戸惑いの表情を浮かべる。

「ご存じのように、昨今のスマホゲーム市場は飽和状態にある上、豊富な資金力を持つ海外資本の参入もあって、新作は軒並み厳しい状況に立たされています。つきましては、現在の外部環境をふまえた場合、みなさんの熱意ある作品を今、ここで出すべきか、ということは慎重に検討しなければいけません」

そして沢上は一呼吸をおいて言った。

「……そこで、いったん、ここで立ち止まり、現在の外部環境を踏まえて、作品の方向性も含めて見直させてはいただけないでしょうか。みなさんの素晴らしいこの作品を埋もれさせないためにも」

そう言って、沢上は目を細め、光莉と蒼真をじっと見つめてきた。

やはり……、と蒼真は暗澹たる気持ちになると同時に、心の奥底からふつふつとした怒りが湧いてくるのを感じていた。

美辞麗句を並べてもっともらしいことを言っているが、開発の見直しとは、すなわち、実質的な開発中止だ。

システム会社にいたとき、これと似たセリフは腐るほど聞いた。見直し、再検討、立ち止まって軌道修正。どれもその後、再開されたケースはない。

「……えっ……と……、その……」

光莉の顔から血の気が引いている。

蒼真は必死に怒りを押し殺した声で相手に言う。

「商業である以上、そして、御社から資金提供をいただいている手前、最終的には御社に決定権があることは重々承知しております。ですが、やはり『見直し』をするにしても、私どもも納得出来る理由が欲しいというのが本音です。沢上さまがおっしゃった通り、この作品には金銭的な価値では推し量れない、情熱が詰め込まれているものですので」

光莉が困惑の表情を蒼真に向けてくるのに対し、蒼真は大丈夫だ、という意味を込めて、小さくうなずく。

「外部環境の変化、というお話をいただきましたが、そもそも、ご発注をいただいた段階で、ある程度、市場は飽和状態にあったと思います。そのときと劇的に状況が変わったとは思えないのですが」

予想していた質問だったのだろう。沢上は表情を変えずに、淡々と答える。

「ええ。その点は弊社の市場分析に問題があったと考えており、我々の不徳の致すところです。

そういったところも含めた、総合的な判断というところでご理解いただきたく思います」

……相手は、『総合的な判断』という言葉を特に強調して言った。

つまり、市場環境の他に、いくつかの要因があって今回の決定をしたのだから、それ以上の詮索はするな、という意思表示だ。

「なお、金銭面でご不安に感じられていることがあるかもしれませんが、仮に作品をいったん保留にすることになっても、契約書に記載させていただいた通り、みなさんへの損害は生じません。今まで支払った経費についても、全額補償させていただきます」

……そういうことじゃない。お金の問題じゃない。

「著作物の扱いはどうなるのでしょう？」

「それも契約書に記載している通りです」

「それは、報酬の対価と引き換えに、一切の著作物……、知的財産権は、御社に移転するという理解でよろしいでしょうか？」

「基本的にはそうなりますね」

つまり、今まで使ったお金は返ってくるし、光莉や美月の作品に対する報酬や、蒼真の稼働費も全額支払われるが、その代わりに、今まで作ったシナリオやイラスト、3Dモデルなどの素材はすべてゲーム会社のものとなり、塩漬け、お蔵入りになるということだ。

蒼真は歯がみする。

光莉が持っていた業務委託契約書を読んだとき、気にはなった条項ではあった。修正の交渉をした方がいいんじゃないかと思ったものの、目先の仕事を優先して後回しにしてしまっていた己の判断の甘さが悔やまれる。

「あ、あの……っ！」

光莉が突然、勢いよく立ち上がった。

そして、沢上と山田をまっすぐに見て、力を込めて言った。

「わたしたちは、このゲームに今ある力のすべてを注いで全力で作ってきました！　確かに商業で出す以上、厳しいことはよくわかっています。でも、この作品は確実にユーザーに届くと信じていますし、きちんと利益を上げられると考えています！　なんとかして続ける方法はないんでしょうか⁉」

山田がうつむく一方で、沢上が淡々と答える。

「戦略の見直し次第、ですね」

にべもない答え。

蒼真は怒りがふつふつと湧いてくるのを必死で抑え込みながら、必死に考える。なにか打開策はないのか。時間稼ぎでもいい。こんな突然のゲームオーバーなど、あってたまるか。

必死に頭を回転させる。

一時的にでも、相手を思いとどまらせるような材料があればいい。

今までの同社とのやりとりの中に、なにかヒントはないか。同社との資料、契約書、企画書、山田とのメール、打ち合わせ……。

はたと気づいた。

先月のファミレスでの打ち合わせで、山田が言っていたことがある。

たしか、それは、CBTのスケジュールに関することだった。

蒼真は努めて冷静な口調で尋ねる。

「……その『見直し』はこれからなんですよね？」

「ええ」

「山田さん、この前、ファミレスでお打ち合わせをしたとき、CBTの開始を当初予定の十一月からではなく、七月からに前倒し出来ないか、というお話をされていらっしゃいましたが、もしそれが実現したなら、どうなりますでしょうか？」

「…………っ！」

山田が焦ったような顔をした。

「い、いえっ！　あれは、弊社内での検討の過程で出た案でして……。ただ、前倒しはとても難しいというお話だったのでは……？」

「はい。前言を撤回するような形となり申し訳ございませんが、たとえば、もし、七月にCBTを実施して、そこで御社が期待する実績が出せたのであれば……」

そこで言葉を切り、視線を沢上に向けた。

相手は顎に手をやり、しばらく考えていたが、ややあって、蒼真と目を合わせて言った。

「それは『見直し』に際して、重要な判断材料にはなると思います」

「かしこまりました。それでは、スカイワークスとしては、ＣＢＴの前倒しという線でご相談させていただけないでしょうか」

「………え？」

光莉が驚いたように蒼真を見た。

沢上が目を細めて言う。

「スケジュールの前倒しをされる、ということですが、現実的に可能なんでしょうか？」

「はい、可能と考えています。シナリオや画像などのアセット類は前倒しで進んでおり、プロトタイプも予定より早く出来上がりました。ですので、あとはシステム構築を今以上に前倒しにすればいいだけです。そしてそれは私の担当です」

「ちょ、ちょっと……、蒼真さん、それって……」

光莉がうろたえる。

蒼真に負担がかかる、という、彼女の懸念はわかる。だが、今はもうこの手しかないのだ。

沢上が手元においた蒼真の名刺に視線を落として言った。

「失礼ですが、山田からきいたところによると、天海さんは、たしか前職がラングリッドテクノロジー社でしたよね？」

「はい、そうですが……」

「よく存じ上げています。私もだいぶ前の話ですが、お取引をしたことがありましたので。なかなか精鋭揃（ぞろ）いの企業さんだった、と認識しております」

「……ありがとうございます」

ラングリッドがカオスソフトと、昔、取引関係があったことは初めて知った。詳細を知りたい気分だったが、それはこらえる。

「わかりました。ラングリッドさんでの実績がおありなら、スケジュールに関して私からなにかを申し上げるのは僭越（せんえつ）でしょう。ただし……」

彼は一呼吸を置き、そして続けた。

「目標数値（ＫＰＩ）として、ＣＢＴの参加者を二万人集めることを条件とさせてください」

山田がぎょっ、とした表情を見せた。

「ぶ、部長！　ＣＢＴで一万人超えは、普通は無いのでは？　この前のタイトルでもせいぜい六千人だったかと……！」

「その数字がないと、上を説得出来ない。上は実際にローンチした後のＤＡＵ——毎日何人がプレイするかを気にしている」

沢上はそう言うと、蒼真と光莉を見て、

「検討するお時間も必要かと思いますので、正式なご回答は明日以降で結構です。お手数をおかけいたしますが、何卒よろしくお願いいたします」

そして打ち合わせは終わった。

頭を下げて、部屋を退出するときに、ふと、窓の外が視界に入った。いつの間にか雨が降り出していたらしく、東京の街並みは靄でかすんでいた。

2

翌日の夕方、四人はいつものファミレスに集まっていた。

蒼真と光莉がカオスソフトとの打ち合わせ内容を説明した後、全員はしばらくの間、黙り込んでしまった。

雨は昨日から降り続いており、テーブルに面した窓ガラスを叩く雨音が、店内に静かに響いている。

美月が沈黙を破った。

「こうなったら、ＳＮＳで白日の下にさらすしかないわ。私が文章を書く」

「え、炎上させる気⁉」

蒼真がひっくり返りかけると、美月は憤りを隠せない、といった様子で言った。

「学生クリエイターが企業に立ち向かうにはこれしかないと思わない？」

「いやいや、こちらも火だるまになるから！　絶対だめ！」

凛も少しむくれた表情で言った。

「……最悪の場合は、お父さんに出てきてもらう」

「それもだめ！」

なんでこの子達は、見かけによらず、こんなに過激なんだ。蒼真は内心で頭を抱える。

「あ、あのさ、落ち着いて。とりあえず、ＣＢＴを七月に始められれば、延命出来る可能性はあるんだから、そこまで頑張る形じゃ……」

「二万人を集める？　大型タイトルのＣＢＴでもたくさん宣伝して、六千人を集めるのがやっとだというのに、私たちがそんな無茶な条件を達成出来るわけがないでしょ？　このまま玉砕して、私たちの作品を全部取り上げられるくらいなら、今ここで炎上させて、全部引き上げるしかないと思うんだけど！」

美月の目が据わっているのに対し、蒼真は諭すように言う。

「ええと……、炎上はともかく、作品を引き上げるということは、今まで出してもらった開発資金を返すということになる。その額は現時点で、ざっと二千五百万円。でも、それはこのチームの借金になる」

「…………」

　美月が一瞬、口を開きかけて、険しい顔で沈黙してしまう。

　そんな額を借金として彼女たちに負わせるなど論外だ。

　確かに向こうが言ってきたことはクリエイター軽視と言われても仕方がない。だけど、開発中止の際には、開発費用を全額補償するとしている点を見れば、比較的誠実な契約内容だというのが蒼真の受け止め方だ。

「光莉はどうなの？　さっきからずっと黙っているけど」

　難しい顔で腕組みをしている光莉に、皆の視線が集中する。

「うーん」

　彼女にしては珍しく眉間に皺を寄せ、困った顔で全員を見渡す。

　そして、言った。

「……あたしとしては、ＣＢＴにかけてみたい」

　美月も凜も、微かに息を呑んだ。

「ＣＢＴをやるしか道がないということもあるけど、そもそも部長さんが言うみたいに、ＣＢＴでそれくらいのユーザーさんを集められなければ、ヒットの目がないということだと思う。……だけど」

　そこでまた一呼吸置いて、今度は蒼真を見て言った。

「ＣＢＴを七月にはじめるとしたら、そーまさんにすごい負担がかかっちゃう……」

「いや、その件は本当に大丈夫だから！　これくらいの修羅場、社畜としていくらでも経験してきたし」

不安そうな表情を浮かべる三人に笑ってみせると、光莉が今にも泣き出しそうな顔で、腕をつかんできた。

「でも、そーまさん、徹夜続きになっちゃうんじゃないの？　それは死んじゃうからだめだよ……！」

「えーと、ちゃんとスケジュールを見直して、なんとか三ヶ月分……、もともと、七月から九月にかけて作業する内容を六月中に終わらせる目処は立てられそうなんだ。特にここ……」

ディスプレイに修正中のガントチャートの一部を指さして見せる。

システムを実装するにあたっては、コンポーネントと呼ばれる単体の『部品』を複数、並行して作っていき、最後に結合させるという方法が一般的だ。

今まで、蒼真が一人で作っていたため、このコンポーネントを並行して作ることが難しかったのだが、

「信頼出来る知り合いに頼んで、副業で手伝ってもらうことにした。大きな問題が起こらなければ、これで、二ヶ月分くらいは短縮出来ると思う」

ちなみに依頼先は同期の安田だ。彼ならスキル的にも申し分無い。転職直後で忙しいんだけど……、と渋られたが、過去、何回も彼の窮地を救ったこともあり、「貸しを返せ」と強引に

詰め寄ったら、即ＯＫが返ってきた。

もちろん、彼もまた手伝ってくれる別のエンジニアを探したいというので、品質が担保されるならよし、と回答した。不安要素がないわけではないが、ここは一緒に仕事をしてきた安田を信じるしかない。

「ＣＢＴの段階では最も工数がかかるレイドバトルの実装はないし、システムについてはきついけど、なんとかなる。……というか、なんとかする」

なお、残り一ヶ月分の短縮については、まあ、気合いと根性になるけど。

それでも、彼女たちは不安そうに顔を見合わせ、光莉が心細そうに言う。

「本当？　そーまさん、気合いと根性とかいうのは、ほんとーにダメだからね⁉」

ぐっ、と声を詰まらせつつ、ああもう、こっちは一応大人なんだから、少しは信用してほしいなあ、という言葉を飲み込む。

「……それよりも、問題は、ＣＢＴ参加者の二万人をどうやって集めるか、だ」

はっ、と三人が息を呑んだ。

「あたしの三十五万人のフォロワーさんに告知すれば、それなりに反応してくれると思うけど……、でも、イラストアカウントをフォローしている人はライトな人が多いから、どれくらい応募してくれるかはわからない……」

光莉が顎に手をやって言えば、美月も、

「私は四万五千人。シナリオ目当ての人がそれなりに応募はしてくれるとは思うけど、そもそもの母数が少ないし……」

「……凜は、えーと、四千人。フォロワーを全員強制的に登録するような、スクリプトを送りつけてもいい」

「それは規約違反だからダメ」

凜のことだから本当にやりかねないと思って、けん制する。

「で、真面目に計算すると、三人のフォロワーを合計した約四十万人のうち、ネット広告の平均コンバージョンレート（CVR）といわれる三%にあたる人が登録してくれると見積もって、千二百人くらい、かな。CVRを五%に引き上げても、二千人。目標の二万人に対して、一桁、足りない」

「それこそ、広告を打つとかはどうかしら？　ネット広告とか……」

美月の提案に、蒼真は首を横にふる。

「費用のわりには、正直、効果が見込めないと思う。スマホゲームの広告費は全体的に高騰しているし、そもそも、今の状況だと会社は広告費までは出してくれない」

「つまり、あたしたちが何らかの方法で、バズらせるしかないってことだよね……」

光莉の言葉に、蒼真はうなずく。

「うん。他にもとにかくやった方がいいことを片っ端からあげていこう」

凜が人差し指を頬にあてながら、うーん、と考えた後、

「……光莉ちゃんのペカシブマニアボックスで、制作過程の紹介をするとか」

「あー、あたし、それ、忘れてた！　みんな、結構見てくれるよね！　無料公開でやる！」

「だったら、そこで私が前日譚の小説を連載してみるのは、どうかしら？」

「うん！　じゃあ、それにあたしが挿絵つける！」

「……あとは、凜は動画、作れるから、ショート動画をＳＮＳに投稿するとか」

「ほんと!?　凜ちゃん、すっごーい！　お願いしていいかな？」

「私も声優さんに、ボイスをつけてもらえないか聞いてみるわ。事務所のマネージャーを脅すのが大変だけど」

蒼真も、彼女たちのアイデアをメモ帳ソフトに箇条書きにしながら言う。

「プレスリリースをマスコミに配信するというのもいいかもしれない。内容によっては、色んなメディアやサイトが取り上げてくれたり、取材してくれたりするから、うまくいけば、結構、宣伝効果があると思う。確か、三万円くらいで配信出来たはず」

「おおーっ！」

三人が目をまん丸にして、蒼真を見る。

「すっごーい！　そーまさん、社畜スキル発揮だね！」

「……蒼真、はじめて社会人っぽく見えた」

「これなら私も、あなたが会社員として働いていたと信じてもいいわ」

「と、とにかく、いろいろな案は出たけど、どれも今ひとつ決め手に欠けるというのが正直なところだと思う。本当は、ゲームショウとかのイベントに出て、グッズと引き換えにCBT登録をしてもらうとかやれればいいんだけどね……」

その場に沈黙が落ちる。

大型タイトルでもCBT参加者は六千人。

対して、クリエイターは一流とはいえ、同人ゲームに毛が生えたこのタイトルで求められているCBT参加者は二万人。

小手先の方法だけでなくて、なにかインパクトのある施策が絶対に必要なのだ。札束で殴るのと同等の。

「……でも！」

光莉が顔を上げて、皆を見渡して言った。

「やるしかないじゃん！　ここでやらなきゃ、今までやったこと、ぜーんぶ無駄になっちゃうし！」

「光莉……」

「光莉ちゃん……」

「大丈夫っ！　神絵師に人気作家、伝説のモデラー、そして、社畜エンジニアがそろって作っているゲームだよ！　二万人くらい余裕だって！」

なんか一人だけ凡人が混じっているような気がするけど……。

「じゃあ、はいっ……！」

突然、光莉が右腕を前に伸ばし、掌をテーブルの上に浮かせる。

美月が苦笑いし、

「ファミレスなんだから声は小さめにね」

そう言って、自らの手を光莉の手の上に重ねると、

「……なんか、アオハルって感じ」

凛も小さな手を重ねた。

ええと……。

「そーまさんも早くっ！」

戸惑っていると、光莉から手を出すよう促され、気恥ずかしいのをこらえながらも、そっと自分の手を差し出す。

光莉が全員の顔を見渡し、

「それじゃー、いっくよー！　CBT二万人に向けて……」

「「「チーム、スカイワークス、ふぁいとー！」」」

かけ声の後、みんなの手が離れ、小さく拍手。

「じゃあ、全員、早速、作業開始ってことで！」

皆が一斉に、それぞれのパソコンで作業をはじめる。

美月はプロットを書き始め、光莉はマニアボックスページの下書きを、凛はタブレットにペンで動画の絵コンテを書きはじめる。

蒼真は、ゲームエンジンを立ち上げ、途中だったコーディング作業を再開する。

それから、しばらく集中して作業を続けていると、突然、横からちょいちょい、と指でつつかれた。視線を向けると、そこには真剣な目で、そして、微かに不安の色を浮かべた光莉の顔。

「どうしたの？」

気づくと、向かいに座っていた美月と凛がいなかった。どうやらドリンクバーにおかわりを取りにいっているようだ。

光莉は眉尻を下げて、蒼真に言う。

「あの……、そーまさん、やっぱり、あたし、そーまさんに、かなり無理をお願いしているような気がして……」

「えっ、と……、それって……」

「うん、さっき途中まで話していた、ＣＢＴの前倒しの件。どうしても気になっちゃって」

彼女には珍しく、声にも不安の色が表れていた。

「そーまさんは、さっき、なんとか間に合わせるって言ってくれたけど、でもそこまでしてもらったところで確実に成功出来る保証はないし……」

こちらを見つめる瞳は濡れていて、長い睫は微かに震えている。

「あたしのわがままで、そーまさんが身体を壊したりでもしたらって、考えると……」

蒼真は、彼女の珍しく気弱な表情を前にして、言葉に詰まる。

そうだ。気丈に振る舞ってみせても、光莉だって不安なのだ。

こんな無理筋の話、成功確率は極めて低い。それでも、玉砕覚悟で突っ込むという話なのだ。不安に思わない方がおかしい。

だったら、ここは一番年上の自分が、しっかりしなくちゃいけない。彼女たちを安心させ、創作活動に専念してもらわなくちゃいけない。

それが、社畜経験のある自分がここにいる意味だ。

それに、今度こそは、ゲーム制作を成功させなければいけない。同じ失敗を繰り返してはいけないのだ。

蒼真は軽く息を吸うと、彼女の目を真正面から見つめ、そして、口角をあげ、笑顔を見せて言った。

「大丈夫。登録者二万人の件はみんなで考えるとして、システムの件は、本当に間に合わせる。これでも修羅場は結構くぐってきたんだ。勝ち筋は見えている。必ず、ゲームのローンチまで持って行く」

「……ほんと⁉」

彼女が声を弾ませる。

「ああ、約束する」

現時点で確証はない。だけど、ピンチのときは、年長者がどっしりと構えていることが最も大事なのだ。それは、システムエンジニアとして、泉のもとで働いていたときに学んだことだ。どんな大きなトラブルが起こっても、泰然と構えていた泉がそばにいたからこそ、蒼真は落ち着きを取り戻し、冷静に対処することが出来た。そして、一方で、泉は蒼真達の動きを見ながら、あらゆる搦め手を探し、自ら突破口を切り開いてきた。

今、このときこそが、泉に教わってきたことを実践する場面ではないか。

「そっ……、そーまさーん……‼」

光莉の目の端にみるみる大粒の涙が浮かんできたかと思うと、

「うおっ⁉」

突然、光莉が蒼真に抱きついてきた。彼女の柔らかな黄金色の髪が顔に触れ、トリートメントの良い香りが鼻を刺激する。

「ほんとーに、ありがとうっ‼　あたし、すごくすごく頑張るね！　それでもって、ゲーム大成功させてみせるから！」

「く……、苦しいって……！　す、少し離れてっ……！」

蒼真の背中に回された両腕が、ぎゅうぎゅうと力強く抱きしめてくる。加えて、大きな胸が押しつけられてくる感触に、気がどうにかなりそうだ。

「ちょ……、ちょっと、光莉⁉　あんた、なにやってんのよ⁉」

ドリンクバーから戻ってきた美月が、コーヒーカップを危うく落としそうになりながら、悲鳴に似た声を上げる。

一方の凛はスマホで写真撮影。

「……3Dモデルの貴重な参考写真。絡みや、いちゃいちゃは意外と難易度が高いから」

「ええと、鼻かんで、鼻！」

鼻水が出ている光莉にティッシュを渡し、生徒会長の眼前でなんたる不埒な真似を、と憤る美月をなだめつつ、凛からスマホを取り上げながら、蒼真は頭の中で必死に打ち手を探し続けていた。


午後七時すぎに、今日の定例ミーティングを終え、ファミレスの前で解散した後、蒼真と光莉は夕飯の食材の買い出しのために生鮮スーパーへ続く道を歩いていた。

外はやや肌寒く、蒼真は片手で腕をさすりつつ、上着を持ってくれば良かったと後悔する。

「ううー、寒いねー。あたし、肉まん食べたいかも！」

「夕飯、入らなくなるよ。さっきだってデザートたくさん食べてたし」

「うーん、じゃ、蒼真さんと半分こ、とか？」

右隣から、光莉が、蒼真の顔をのぞき込むように見上げてきた。その拍子に彼女の開いた胸元がのぞき、先ほど抱きつかれたときの感触も思い起こされ、慌てて目をそらす。

「あーっ！　コンビニ、あった！」

と、光莉が叫んで、道路の反対側にあるコンビニに向かって走って行く。

「ちょ、ちょっと……！」

蒼真が慌てて追いかけようとしたとき、

「………あ」

コンビニの前に立てられている『のぼり』に目を奪われ、その前で足を止めた。

――Vtuberコラボキャンペーン実施中！

対象のお菓子を買うと、先着順で特製のグッズがもらえるというキャンペーンらしい。Vtuber人気の高まりにあわせて、こういったコラボは軒並み増えている。

蒼真の頭が思考モードに切り替わる。

もし……、自分たちも、コラボが出来たら……？

たとえば、人気Vtuberの配信で、自分たちのゲームをプレイしてもらえれば……。

……これは、あり、じゃないか？

　問題は、運営会社もコラボ費用を取るというところだが……。

「……そぉまさん、ほうしたの……？」

　ビニル袋を片手にさげ、大きな肉まんを頬張りながらコンビニから出てきた光莉が、不思議そうな顔を向けてきた。

「光莉さん！　何人かのVの『ママ』、やっていたよね？」

　ごっくんと口の中の肉まんの欠片を飲み込むと、

「うん！　菱星花蓮ちゃんに、鈴生こはるちゃん、あとは酒枡やよいちゃん。みんなすっごく人気あるし、なによりもいい子たちだよ！　……って、それがどうしたの？」

　不思議そうに首を傾げつつも、すぐに蒼真の視線の先にあるのぼりを見て、そのことに気づいたらしい。大きく目を見開き、

「そっか！　その手があったじゃん!!　全然気づかなかった！　すごいよ、そーまさんっ！」

「そ、それで、運営会社さんと連絡ついたりする？」

「もっちろん！　今、チャットしてみる！」

　そう言いながらスマホを取り出し、

「そうだ！　それにVの会社だったら、費用の相談もめっちゃ楽勝だよ！　今度、新衣装をあつらえる予定だから、それと交換って感じでお願いしてみる！」

「おお！」

光莉が『ママ』になっているVの登録者数は、全員、数百万人単位だ。半端ない拡散力があるし、配信中に登録フォームに誘導してもらえれば、二万人も充分、射程圏内に入ってくる。

「もう返事来た！」

光莉の顔がほころぶ。

「おおーっ！　『前向きに検討したいので、打ち合わせの候補日をください』だって‼」

そう言うなり、蒼真の両手をつかんで、その場で踊るようにくるくる回りはじめる。

「すごい、すごい、やったよ！　これなら二万人は確実だよ！」

「ちょ、ちょっと、ストップ……！　まだ決まったわけじゃないし……！」

通りかかる人達の注目を集めてしまい、光莉に文句を言うが、彼女が踊るのを止める気配はない。

兎にも角にも、突破口は見いだせた。あとは、なんとか先方と条件をすりあわせるだけだ。

蒼真は強引に光莉の回転を止めると、彼女を引っ張るようにして、スーパーに向かって歩き始める。

「ふっふーん、景気づけに今日もご馳走にしよっ！　ねえ、そーまさんは、なにが食べたい？」

「いや、だからまだなにも決まったわけじゃ……」

そう光莉をなだめつつも、軽い高揚感に包まれた蒼真は、頭の中では運営会社に見せるプレゼン資料の枠組みを考え始めていた。

3

蒼真と光莉が、六本木にあるＶｔｕｂｅｒ事務所の運営会社を訪れたのは、それから二日後、四月二十八日の夕方のことだった。

急成長を遂げているベンチャーらしく、緑が多く洗練されたデザインのオフィス内では、蒼真と同年代の社員達が忙しそうに走り回っていて、活気にあふれていた。

蒼真達が通されたのは、全面ガラス張りの会議室で、伊藤という男性チーフマネージャーと、山崎という女性ディレクターの二人が出迎えてくれた。

そして、蒼真のプレゼンを聞いた後、山崎が開口一番に言った。

「いいですね！　これ！　『ママ』が作ったゲームで、『娘』たちが遊ぶ‼　すっごく受けると思います！　伊藤チーフはどうですか？」

「僕も同感です。配信画面の中で、Ｖも含めて、影宮先生のキャラ達がわちゃわちゃやっているのは、受けるイメージがあります！　進めない理由は全くないですね！」

光莉もそれに答える。

「あ、あたしも、『娘』達がゲームをやってくれた感想がとても聞きたいですっ！」

「おっ、いいですね！　僕のジャストアイデアですが、そのうち、彼女たちにもコラボキャラとして、ゲームに出てもらうとかもありですね！」

光莉はそっと蒼真を見て、テーブルの下で小さくガッツポーズをしてみせた。

予想以上の好感触だ。

「さて、早速、配信スケジュールの調整に入りたいのですが」

伊藤チーフの言葉に、蒼真も身を乗り出して答える。

「はい！　六月下旬から予定されている、CBTの受付開始にあわせてお願いします！」

「そうですね、興味持ってもらったら、即、リスナーさんに登録申し込み（コンバージョン）してもらいたいですもんね！　山崎さん、枠、とれるかな？」

「ええ。六月十九日の日曜日からならバッチリです。初日は四時間配信枠にして、CBT募集期間の一週間で、三枠くらいは取りたいですね」

「そ、そんなに……⁉」

せいぜい一枠程度だと思っていたので、驚いてしまった。

「ええ。こういうのは集中的にやって、一気に盛り上げていかないと！」

「ですよね……！」

勢いのあるベンチャーはノリも違うし、意思決定のスピードも全然違う。古い業界にいた蒼真としては、少々面食（めんく）らう。

山崎ディレクターが、蒼真が出したプレゼン資料を見返しつつ、ＰＣのキーボードをたたきながら続ける。

「番組構成としてはあれですかね、まずはざくっ、とゲームの紹介。『影宮ママ』がキャラデザインを手がけていることをアピールして、その後、二人か三人くらいのＶを招いて絡みをやった後、『レイドバトル』でどんぱちさせて、Ｖ同士の絡みを見せる、と」

ん…………？　レイドバトル…………？

蒼真は、一瞬、聞き間違えたか、と思った。

レイドバトルの実装は、まだ……。

一方の、伊藤チーフがそれを受けて、

「鈴生こはるはポンコツだから、多分、モンスター相手に悲鳴をあげまくると思うんだよねー。で、酒枡やよいはバーサーカー気質だから、奇声をあげながら、ともかく高火力の銃器をぶっぱなしまくると……！　うん、なんかすごくいい絵がとれそうだな！」

「あ、あのっ…………！」

蒼真は慌てて口を挟む。

「実は、今回のＣＢＴでは、まだ、レイドバトルは実装していないんです。ので、そのアイデアはちょっと……」

途端、伊藤と山崎の表情が固まった。

しん、と室内が水を打ったように、静まりかえる。

と、山崎ディレクターが、ぱんっ、と両手をあわせて拝むように言った。

「そこをなんとか、間に合わせられませんかね⁉」

「…………え」

伊藤チーフも申し訳なさそうに眉尻を下げて言った。

「僕たちとしても、出来れば、というか是非、レイドで行きたいところなんです。普通のゲームの紹介だと宣伝色が濃くなって、ユーザーさんが引くリスクもあって……。あと、我々の株主である投資会社(ベンチャーキャピタル)も、そういうのはあんまりいい顔をしない可能性があって……。最悪ストップをかけられるかも……」

蒼真の頭の中は混乱する。

もちろん、彼らが言いたいことはすごくよくわかる。

だけど、今からレイドを実装する？　いや、そもそも、納期短縮を繰り返し、同期の安田などいろいろな人の力も借りて、なんとか、ＣＢＴに間に合わせようとしている状況なのだ。

さらに、ＣＢＴの受付開始に間に合わせるとなると、更に前に倒れて、六月十五日には実装が完了していなければならない。

しかも、レイドとなると、複数ユーザーのステータスの同期処理など、実装の難易度は飛躍的に上がる。テストプレイとデバッグを確実にやらないと、エラーだらけでまともに動くゲームですらなくなる。

と、横から、光莉につつかれて、我に返る。

「蒼真さん……、レイドの実装って、結構大変なんじゃ……」

不安そうな顔をしている光莉。

困惑の表情を浮かべるクライアント達。

もしここで自分が断ったらどうなる?

彼らの株主である投資会社がストップをかけたりでもしたら?

折角、目の前に、CBT参加者二万人を確実に獲得出来る手段があるのに、これをみすみす逃すことになったりしたら。

二度と失敗は出来ないのだ。また、制作中止なんて悪夢は、見たくはない。

仲間の、光莉達の悲しむ顔は見たくない。

背中を冷たい汗が流れる。喉がからからになる。

とするなら、ここは……。

「……わかりました。レイドバトル、実装しましょう。ギリギリになるかもしれませんが、いい配信が出来るように全力を尽くします!」

蒼真は顔を上げて、クライアント達に宣言をした。

「良かった……!」

目の前の二人が安堵の表情を浮かべる。

「すみません、無理をいいまして！」

「絶対に盛り上がると思いますので、頑張りましょう！」

蒼真は、自分の笑顔が引きつっているのがわかった。これしか、選択肢はないのだ。ここで自分が頑張るしかないのだ。大丈夫。自分は何度も修羅場を経験したじゃないか。だから、これくらい……！

その後、クライアントとは今後のタスクの確認の他、ゲームがヒットした場合のタイアップなどのアイデアだしで盛り上がり、一時間ほどで打ち合わせは終了した。

オフィスを出た後、光莉がグループチャットで交渉がうまくいったことを、美月と凛に伝えると、すぐに喜びのレスポンスが戻ってきた。

その一方で、光莉はさっきからずっと浮かない顔をしている。

「……そーまさん、これって、追加でそーまさんが作業しなくちゃいけないってことだよね……？」

光莉が隣から心配そうに声をかけてくるが、蒼真は意識して軽い口調で答える。

「あはは、これくらいなら、なんとかなるよー」

「そう、なの……？」

「プロトタイプは出来ているから、あとはチューニングだけの問題！　気合いいれればなんとかなる」

「うーん………」

光莉は腕組みをして考え込んでしまう。

ただでさえ、開発中止の危機に直面しているのだ。これ以上、彼女たちに不安を抱かせてはいけない。ここは年上の自分が、大人の余裕でなんとかするしかないのだ。

そして、避けなければならないのは、チームの中に不安が蔓延(まんえん)して、ぎくしゃくしてしまうこと。これが、かつて、大学時代に自分が失敗したことでもある。

早鐘のように鳴る心臓を抑えながら、蒼真は、駅に向かう道を歩きつつ、作業工程をどのように組み直すかを考え続けていた。

4

「……ねえ、聞いてる？」

美月のやや怒りを含んだ声に、蒼真は、ハッとモニタから顔をあげた。

ファミレスのテーブルを挟んだ反対側に、眉間に皺(しわ)を寄せた美月の顔があった。とはいえ、その表情には怒りの感情以外に、不安の色も見て取れる。

「ご、ごめん……」

「折角、こうしてみんなで、集まっているんだから、自分の作業をやるんじゃなくて、打ち合わせに参加してほしいわ」

「そうだよね……。うん……、そのとおりだと思う」

蒼真は彼女に頭を下げつつ、パソコンの蓋を閉じる。

と、光莉が立ち上がり、

「みーちゃんっ！　そーまさんはレイドの実装のために、五月の連休中も、ほとんど寝ないで頑張ってくれたんだよ！　そんな言い方はないと思う！」

頬を風船みたいに膨らませて、美月をにらみつける。

「そ、それは、わかってるわ。けど……」

凜が右手を小さく挙げて言う。

「……凜は内職賛成派。人生で使える時間が二倍になるし」

「いや、僕は、美月さんの言うとおりだと思う。ごめん、続けようか」

泉も言っていた。打ち合わせ中に内職をやるくらいだったら、そもそも打ち合わせに出てくるな、と。

微妙な空気になってしまったのは自分の責任だ。

蒼真はそれを吹き飛ばすかのように明るい口調で言う。

「それで……、当初予定していたみんなの素材は、昨日の五月十五日で全部アップし終わった、ということだったよね？」

「ええ、シナリオは校正まで終わって、ＦＩＸ版としてドライブにあげておいたわ」

「うんっ！　ガチャイラストも全部完成！　背景も全部アップしたよ！」

「……モデルは完成。ちょこっとだけ調整したいところは残っているけど、それも数日で終わる」

蒼真はガントチャートを見返す。みんなが頑張ってくれたおかげで、当初予定よりも一週間も前倒しで完納された。

「みんな、ありがとう。じゃあ、あとはそれを僕が実装するだけだね」

途端に皆が黙り込んでしまった。

「あの……、蒼真さん、ちょっといいかしら」

気まずそうに美月が手を挙げる。

「さっきはああ言ったけれど、いくら先方の要望とはいえ、やっぱり今からレイドの実装なんて、無理しすぎなんじゃないかしら」

「ぁ…………」

光莉が口を開いて何かを言いかけたものの、結局はうつむいて黙り込んでしまう。

「いや、運営会社からはレイドは絶対に必須と言われているし、ＣＢＴ二万人という数字を確実に達成するためにも、出来ることは全部やっておきたい」

ここが踏ん張りどころなのだ。ここで妥協したら絶対に後悔する。

「大丈夫だよ。みんなのSNSとかで認知度も上がってきているし、Vの配信が起爆剤になって、登録数の上積みが出来ると思う！」

「そうかもしれないけど……」

と、美月の隣でずっと沈黙していた凜が顔を上げ、タブレットを蒼真にすっ、と差し出して来た。

「……はい、これ。今の蒼真には、癒やしが必要だと思う」

「………っ⁉」

渡されたタブレットに映っていたのは、衣装が破れ、胸元が露出した精霊少女・レイラの扇情的な3Dモデルだった。

「ちょっ、ちょっとこれって……！」

以前、光莉が、凜のために描いたエッチなイラストをもとに作ったものだ。

「ふわーっ！　すごくきれいに出来てるー！」

のぞき込んだ光莉が感激の面持ちで感嘆の声を上げる。

「ちょっと、あんたたちなにを見て……」

そう言ってのぞき込んだ美月の顔が真っ赤になった。

「いや、別に僕は……」

凛は小さく首を傾げると、

「……それとも、生身の方がいい？」

言うなり、自分の制服の上着の裾に手をかけ、おへそを見せてきた。

「り、凛！　あなた、なにをやってるの⁉」

怒り心頭の美月が、強引に凛の上着を下ろして、肌を隠す。

「…………あはは…………」

蒼真は乾いた笑いをこぼしつつ、これ以上、みんなに心配させちゃまずいよな、と、反省する。

大人なんだから……。このチームの『社畜』で、みんなの『司令官役』なんだから、どっしり構えていなくちゃいけない。みんなを不安にさせちゃいけない。

蒼真は、ガントチャートを見る。

CBTの受付開始とVtuberのコラボ配信は、六月十九日の日曜日。そこから逆算して、仮実装を完了させたい六月五日まで、あと三週間。そこまでになんとか仕上げてやる。

ふと、右側から視線を感じて顔を向けると、そこに光莉の不安そうな顔があった。目が合った途端、彼女が慌てて視線を逸らしてみんなに言った。

「そ、そろそろ、今日の打ち合わせは終わりでいいかな？　ほら、みんな作業あるし！」

一瞬、微妙な間があったが、

「そう……ね。追い込みの時期だし、作業時間を多めに取りましょう」

「……うん、凜も動画作り、頑張る」

蒼真もPCを片付けながら、今日のタスクを頭の中で考える。

家に帰ったら、レイドのマッチングロジックをもう少し見直そう。あと、途中で通信エラーが発生したときの挙動条件も詰めなければ。って、ケースの洗い出しは全部終わっていたっけ？　一つでも漏れていたらアウトだ。それに加え……。

「……そーまさんっ！」

光莉に袖を引っ張られ、我に返る。

「あ、う、うん……⁉」

いつの間にか、蒼真と光莉の二人だけで、帰り道を歩いていた。

急に雑踏の音が戻ってくる。

「晩ご飯、生姜焼きとかどうかなっ⁉　スタミナつくし！」

光莉がこちらを見上げながら、明るい声で言う。

「そ、そうだね、是非。……あ、あと、すんごく悪いけど、買い物、今日はお願いしちゃってもいいかな？　ちょっと先に帰って、作業したくて……」

光莉は一瞬、なにか言いたげな顔をしたが、すぐに、笑顔に戻り、

「うん、もちろん！　そーまさんひとりにめっちゃ負担かけちゃっているし！　お安いご用だ

よ！」

「ごめん！　修羅場を抜けたら、この埋め合わせは必ずするから！」

蒼真は光莉に両手を合わせると、足早に家へと向かう。とにかく、今は一分一秒が惜しいのだ。

5

六月五日、日曜日。いや、正確には、六日、月曜日。時刻は午前二時を回ったところだった。

蒼真はPCに向かって、実装作業を続けている。

CBTの受付開始まであと二週間。

作品のティザーサイトとCBT応募受付サイトについては、ついさっき、ラングリッド同期の安田からチャットツールで納品されてきた。彼が知り合いのWebデザイナーを捕まえてくれたおかげで、光莉のイラストが映える洗練されたサイトになっている。

加えて、蒼真が修羅場に突入していることを知った安田が、登録システムの検証も全部終わらせてくれていた。

ただ、問題の『レイドバトル』の実装には予想以上に手間取っていた。テストパターンが多すぎて、バグが取り切れないのだ。

目標だった、今日、六月五日までに終わらせる予定だった仮実装も結局間に合わなかった。

それでも、あと二週間でなんとかしなければいけない。

エンターキーを押し、ＰＣがレンダリングの処理に入る。進捗を示すバーのゲージが増えていく。

と、急に睡魔が襲ってきた。がくりと首が落ちる。

慌ててデスク脇に置かれたエナジードリンクに手を伸ばし、一気に半分ほどを飲む。机の周りには、空になったドリンク缶がいくつも転がったままだ。

ＰＣがレンダリング終了を告げる。再生ボタンを押すと、レイドバトルのデモ画面が動き出す。

　ドラゴンを相手に、大剣を手にした巫女装束の少女が宙を舞い、魔術師の少年がスキルを発動させ、画面全体にエフェクトが走る。

　このゲームでのレイドバトルとは、マッチングした複数プレイヤーが、共闘して巨大な敵に立ち向かうものだ。テストでは実在のプレイヤーを用意することが出来ないことから、クラウド上に複数の仮想プレイヤーをボットとして置いて、自動バトルにすることで実現している。

よし、このテストも無事終わるかな、と巫女がスキルを発動したときだった。

　突然画面が固まり、

『例外エラーが発生しました。コード50188XXXX』

「…………」

最早ため息も出ない。

蒼真はすぐさま、黒背景に緑文字の浮かぶコンソール画面に移動。エラーログをエディタで呼び出し、エラーの原因を探る。

おそらくは同期処理だろう。複数のユーザーが共闘するレイドでは、それぞれのプレイヤーのステータスをリアルタイムで管理するため、実装の難易度が格段にあがる。特にデータベースの書き込み過程で不整合が生じるケースは多い。エラーから、問題はSQLのクエリにあると想定し、エディタを呼び出して……。

机の傍らに置いた残りのエナジードリンクに手を伸ばし、口に運ぼうとしたそのとき。

突然、目の前が、真っ白になった。

続いて身体が勢いよく左向きに回転する感覚。

あ……、やば…………。

身体を支えようと手を伸ばしたところで……、蒼真の意識は、ぷつりと途絶えた。

……。

…………。

「…………さんっ！　……ま……さんっ！」

どこか遠くから、少女が自分の名前を必死に呼ぶ声が聞こえてくる。

涙混じりの声。

それに身体を揺さぶられている感覚。

目をゆっくりと開く。

「そーまさんっ……!!」

目の前に、光莉の顔があった。

涙をぼろぼろこぼし、鼻水もちょっと出てしまっている。

蒼真の意識が急に回復してくる。自分はいったい……。

「そーまさん、良かった……、良かったよぉ………」

彼女が手の甲で、ぐしぐしと涙を拭う。

「えっと……、その……」

光莉の泣き顔にぎょっとし、混乱する頭を整理しながら、まだ少しぼんやりする頭を動かして、周囲を把握する。

自分は今、床に仰向けに寝ているらしい。そして、傍らには横にひっくりかえった椅子。

どうやら自分は作業中に、一瞬、意識を失って、椅子ごと床に倒れてしまったようだった。

「その……、お風呂入っていたら、すんごく大きな音がして、びっくりして飛んできたら、そーまさんが、その、床に倒れていて……! 死んじゃったかと思って……!」

よく見ると、彼女は風呂場からそのまま出て来たらしく、バスタオルを軽く身体に巻いただけの格好。あらいざらしの長い髪からは、水滴がぽたぽたと床に落ちている。

「怖かった……、怖かったよぉ……。うえーん———！」

緊張が解けたのか、光莉が盛大に泣き出した。

蒼真はうろたえながら、とりあえず、巻いたバスタオルがずり落ちつつある彼女の身体から目を逸らして言う。

「心配かけてごめん……、もう、大丈夫だから……。ちょっとめまいがしただけだし。昔の職場では何回かやったし……。それと、身体、拭いた方がいいと思う……」

それからしばらくの間、泣きじゃくったあと、

「…………うん」

少しだけ落ち着いた彼女は、一旦、洗面所に戻っていった。

蒼真は身体をゆっくり起こすと、倒れている椅子を直し、再びＰＣへと向かう。

頭がまだふらつくが、それでも、少しでも早く再開しなければいけない。どこまでやっていたっけ。たしか、ＳＱＬのクエリを見直すところだったような……。

と、いきなり、右腕を強く掴まれた。

「そーまさん!!　ダメだよ！　休まなくちゃ！」

「…………！」

真横には、目の端に涙を溜めた光莉の顔があった。普段着に着替えて戻ってきたらしい。

「そーまさん、もう終わりにしよ！」

「だけど……、二万人を達成するには、これしか方法が……」

「それで、そーまさんが壊れちゃったら、元も子もない！」

頬を紅潮させ、薄く開けられた唇が小さくわなないている。

「……で……も……」

蒼真の口から出た声は、自分でも驚くくらいかすれていた。

咳払いをして、言い直す。

「でも……、やっぱり、やるしかない。そうしないと、後で絶対に後悔する……」

そう言うと、蒼真は再び画面に向き合う。

有名Vの配信は、CBT参加者を集めるだけじゃない。一大ムーブメントを起こせる可能性だってあるのだ。多くのユーザーがゲームの配信開始を心待ちにする状況を作り、ゲームそのもののヒットにつなげるのだ。そのためにも、この実装は完遂させる必要がある。

それに、あんな惨めな目に遭うのは、もう二度と嫌なのだ。今回こそは絶対に成功させたい。

光莉はしばらく呆然とした様子で立ち尽くしていたが、

「………わかった……」

ややあって言った。

「じゃあ、あたしにも手伝わせて……‼」

「…………え？」

キーボードを叩く手が止まった。

振り向くと、光莉の必死な視線が、蒼真に向けられていた。

「あたしは、システムのことわからないけど、そーまさんだけに負担をかけられない……！」

「あの……、き、気持ちはうれしいけど、これは僕にしか出来ないことだし……」

「でもでも……！　あたしたち、チームなんだよ……！　チームだったら助け合わなくちゃいけないんだよ！　誰かを犠牲にして成り立つチームなんてない！」

「…………！」

光莉の声は、再び、涙混じりになっていた。

「たとえば……、たとえばだよ……？　そーまさんが寝ている間に、あたしたちが出来ることって、ないの？」

「そんなことって……」

ない……、と言いかけたところで、ふと、視界の端に映ったものに気を取られた。デバッグ中のＰＣ画面。

画面では仮想プレイヤーが様々な条件のもとで、バトルを繰り返している。これは、デバッグのために、蒼真が書いたテストパターンに沿って動作させ、エラーを洗い出しているのだが、レイドバトルという特性上、どうしてもプレイヤーが必要になり、今はそれをクラウド上のボットにやらせている。

ある程度、自動化はしているものの、スクリプトを走らせ、プレイさせて、出てきたエラーコードを元にログを確認して、という作業は正直、手間だ。

もし、この工程を彼女たちにお願い出来れば……？

「あの……、さ……、学校って、スマホ持ち込み出来る？」

「……！　出来るよ！」

ぱっ、と光莉の目が大きく見開かれた。

「休み時間にゲームとか、やってても大丈夫？」

「ダメだけど、大丈夫！　みーちゃんが……、生徒会長が、なんとかする！」

蒼真はプリンターから打ち出した、テストパターンのＥｘｃｅｌシートを光莉に渡しつつ、

「じゃあ、僕が仮眠を取っている間にみんなでこのテストをやってもらうことって、可能かな？　で、出てきたログを記録して……」

エラーログを見て、その内容をコピペすることだって、簡単なマニュアルを作れば出来るはずだ。

うまく行けば、少なくとも凛だったら出来ると思う。十五％くらいの工数は削減出来るはずだ。

「わかった、任せて！」

光莉はそういうなり、チャットグループに、テストについての内容を打ち込む。

と、その直後、ぽこん、と美月からメッセージが届いた。

深夜二時半なのに、という驚きもあったが、その内容は、

『生徒会長として、教室でゲームなど絶対に許可出来ません』

『えっ⁉』

『ところで、今、生徒会では、「生徒会用倉庫の整理整頓」をしてくれる、ボランティアを募集しているの。どうかしら？』

光莉と顔を見合わせ、自然と顔がほころぶ。

『もっちろん！　ボランティアやるよ！』

と、今度は凜からのメッセージ。

『凜も放課後、そっちの学校行っていい？』

『学校見学ということなら許可します』

さすがに蒼真も苦笑いし、自分のスマホに打ち込む。

『みんな、明日……、というか、今日、学校あるんだし、作業はほどほどにして、寝ないと身体（からだ）によくないぞ』

『蒼真さんがそれ言うの？』

『蒼真こそ寝て欲しい』

それぞれから反論のメッセージ。

「じゃあ、そーまさんは、とりあえず、椅子から立って！」

光莉が蒼真の両手をつかんで、強引に立ち上がらせてくる。

「え……？」

そのまま、ベッドのそばまで引っ張っていかれて、布団の上に座らされる。

「そーまさんは、しばらく、お休みすること！」

「いや、でも、きりのいいところまで！　というか、せめてテストパターンは作りたい」

「だーめ！　それは明日から！」

立ち上がろうとする蒼真の肩を、光莉が無理矢理、両手で力いっぱい押してきた。

「うわあ⁉」

そのまま、蒼真はベッドの上に押し倒される形になってしまう。

眼前には、光莉の顔。

涙で濡れた瞳が、蒼真をじっと見つめていた。

ふわりとした長い黄金色の髪が蒼真の頬に触れ、彼女の甘い香りが鼻をくすぐり、柔らかな両胸が蒼真の身体に押しつけられる。

「えへへー。そーまさんが言うこと聞かないからだよ⁉」

花の蕾のような唇を震わせ、いたずらっぽく笑う光莉。

「わ、わかった……！　わかったから！」

蒼真がベッドの上に横たわり、彼女の姿が視界に入らないように、壁の方を向いて毛布をかぶる。

直後、

「…………っ!?」

息が止まった。

毛布の中に、光莉が潜り込んできたのだ。

蒼真の背中に、彼女の頭がこつんと押しつけられる。

「ちょっと、光莉さん、それはさすがにその……！」

細い左腕が蒼真の身体に回される。

「そーまさん、あたしが部屋から出て行ったら、絶対、起きると思ったから……！　寝るまであたしが押さえつけておく……」

彼女のその声は、弱々しく。

「ええと……、大丈夫、さすがにもう寝るよ……」

ここまでされて、反抗する気力は最早残っていない。

しばらく、沈黙が続いた。

彼女の吐息を背中に感じながら、蒼真は壁を見つめ続ける。

速かった脈も次第に落ち着きを取り戻し、次第に眠気が訪れる。

「そーまさん……、本当に……、ごめんなさい」

ぽつり、と光莉が言った。

「あたしの夢のために……、こんなに、無理してくれて……、どうやって、お礼を言えばいいのかな……」

薄れていく意識の中、蒼真は思う。

……いや、お礼を言うのは僕の方で……、どちらかというと、自分は学生時代に失敗したゲーム作りのリベンジにとらわれていて……、でも、それも、光莉さん達のおかげでなんとかなりそうで……。

だけど、眠気のせいか、口には出なかった。

「……あたし……、こうして……、そーまさんと、一緒に……ゲームを作ること、ずっと夢見てたんだよ……」

……まただ……。どうして、彼女はそんなに……、僕に執着するのだろう……？　他にもいいエンジニアは、たくさんいるのに……。

疑問に思うものの、眠気が限界だった。

やがて、背中から、光莉の寝息が聞こえてくる。それと同時に、蒼真もすぐに眠りに落ちていった。

目が覚めると、時計の針は、既に午前十一時を回っていた。カーテンの隙間から、昼の日差しが差し込んできている。久しぶりによく眠った気がする。

隣を見ると、光莉の姿はそこになかった。もう学校に行ったのだろうか。

若干の気怠さを感じながらも身体を起こしてダイニングに行くと、テーブルの上に、ラップがかけられた朝食用のサンドイッチが置かれているのに気づいた。

そのそばには、怒り顔の巫女のイラストカードが置かれ、『お兄ちゃん、今日は無理しちゃダメだからね！』という光莉のメッセージが添えられていた。

苦笑しながら、蒼真はあたためたコーヒーとともにサンドイッチをトレイに乗せ、自室に戻って、つけっぱなしだったパソコンの前に座る。

光莉に眠らされたおかげで、昨日に比べて、ずいぶんと頭がすっきりしていた。これなら、作業もはかどりそうだ。

と、チームの作業用チャットツールに新しいメッセージが投稿されていることに気づいた。

アプリを立ち上げると、そこには、美月の、凛の、そして、光莉からメッセージ。


美月『始業前にテストを五回、実施しました。一回、エラーが出ましたので、エラーコードを添付します』

凛　『つまらない授業中にテストやってる。午前中に二十回はやる』
光莉　『あたしの方で簡単に作業手順書を作って、二人に渡したの！　もし違うところがあったら教えて！』

光莉が添付してくれた手順書は良く出来ていた。あとはログを見るやり方を蒼真の方でまとめれば完璧だ。

「チーム、か……」

昨晩の光莉の言葉を思い出す。

自分は、一番年上ということで、ちょっと一人で抱え込みすぎていたかもしれない。年齢は離れているけど、それぞれがプロフェッショナルだし、そんなみんなが集まってチームを作っているのだ。

なにかあったらお互いにフォローするというのがあるべき姿なんだと思う。

彼女に、とても大事なことを教えてもらったような気がする。

「よし、やるかー！」

蒼真は光莉が作ってくれたサンドイッチを頬張ると、彼女たちのログレポートを見ながら、キーボードを高速で叩き始めた。

6

六月十九日午後三時、ＣＢＴの受付が開始された。

受付開始直後の三時間で、まずは、光莉達(たち)のファンと思われるユーザーを中心に、千五百人の登録。

そこからは、緩やかに登録者数が増えていったものの、午後八時からＶｔｕｂｅｒによるレイドバトル実況配信が開始された直後に、状況が一変、登録者数は一時間で二万人を優に超え、その日のうちに四万人の登録者数まで達した。

約十日後、事前登録の〆切(しめきり)六月末時点には六万人にまで迫り、予定外の抽選を実施することになった。

それから、三日後の七月三日、日曜日に、二万人でのＣＢＴを実施。

期間中、安田が紹介してくれたフリーのエンジニア数人に運用保守に入ってもらったものの、結果として、いくつか細かいバグが出ただけで、大きな障害は起こらずに無事に終えることが出来た。

ＳＮＳでの評判も上々で、いくつかのメディアからも、メールでの取材を申し込まれ、神絵師として人気がある影宮夜宵と、人気ラノベ作家である望月海築が中心になって作った注目作として話題になった。

蒼真は、一週間のCBT期間を終えた翌日、七月十日には、期間中ログインしたユーザーのデータをとりまとめて、カオスソフト社に送付。

アンケート結果のユーザー満足度は極めて高く、八割以上のユーザーが、正式リリース後もプレイしたいという回答を寄せてくれた。

そして、週明けの月曜日。七月十一日。カオスソフトから、スカイワークスのメンバー宛てに、CBTのねぎらいの言葉とともに、メールが戻ってきた。

そして、そこに書かれていた内容は、経営幹部を含めた同社の慎重な検討の結果として、

――プロジェクトの中止を決定した、というものだった。

CAPTER 05

社畜とギャルＪＫは、決意する。

1

ひどい夢を見ていた。

夢の中で、蒼真は大学生だった。

薄暗い部屋の中、コミケで配った新作ゲームのチラシの残りを、ひたすら破り続けていた。

ゲーム制作に失敗し、開発の中止が決まった以上、最早(もはや)、必要の無いものだ。

破いたチラシで、フローリングの床が見えなくなったとき、蒼真のスマホが震え、メッセージの着信を告げた。

送信者は、サークルの仲間。

開封ボタンをタップして、息が止まった。

――『おまえのせいだ』

………。

……。

「……まさん、……そーまさん……！」

身体（からだ）を左右に揺すられる感覚に、意識が急速に覚醒していく。

うっすらと目を開けると、真上からのぞき込んでくる光莉の顔があった。

「そーまさん、おっはよー！」

明るい、いつもの笑顔。

「ああ、うん……。おはよう……」

蒼真は目をこすりながら、呆（ほう）けたように彼女の顔を見つめる。

「ん？　どしたの？」

「……いや、なんでもない」

彼女は八重歯を見せて笑うと、窓のそばに向かい、カーテンを勢いよく開けた。

「うわあ、今日もいい天気！　もうすっかり夏だねっ！」

換気のためにわずかに開けた窓から、柔らかな風が吹き込んできて、光莉の長いふわふわの髪と、制服のスカートを翻（ひるがえ）らせる。

それから彼女はこちらを振り向き、

「じゃ、蒼真さん、もう朝ご飯出来てるから、着替えて早く来てねー」

そう言って、足早に部屋から出て行った。

蒼真はベッドの上で自分の両の掌に視線を落とし、小さくため息をつき、ああ……、こっちの方が現実か、と思う。

ひどい夢を見た。

大学時代に作っていたゲームが開発中止になり、責任のなすりつけ合いで、メンバーが散り散りになったときの夢だ。

いや……、夢といいつつも、あれは、昔起こったことそのものだ。

当時の仲間とは、あれ以来、連絡を取り合っていない。

そして、今、こっちの現実でも、開発中止を告げられてから、一週間が経っていた。

顔を洗って、ダイニングに向かうと、魚の焼ける香ばしい匂いが部屋を満たしていた。

「そろそろいいかなー」

半袖の制服の上にエプロンをつけた光莉が、グリルを開け、中のトレイを引き出す。

「おっ、ちょうどいい感じっ！」

二つの皿にそれぞれ鮭を乗せると、テーブルの上に運んでくる。

「本日のご朝食は、鮭の塩焼きに、だし巻き卵、もずく、さつま揚げ三種、冷や奴に、納豆、玄米ご飯に、豆腐のお味噌汁、そして、モーニングコーヒーという健康的な和朝食です……！」

「いつもより、品数、多くない？」

「えへへ。なんか、朝、早く目が覚めちゃって……。今日、終業式でわくわくしているからかな？」

　向かい合ってテーブルに座り、いただきます、と手を合わせ、お味噌汁をすする。いつもながら出汁がきいていて、美味しい。

　続いて、鮭に箸を伸ばし、身を口に運ぶ。脂がのっていて、焼き加減もばっちりだ。

「鮭もすごく美味い」

「ほんと⁉　ありがとー！　そーまさん、いつも美味しそうに食べてくれるから、すっごく作りがいがあるよ……！」

「いや、実際、とても美味しいし」

「そう言ってもらえると、すっごくうれしい！」

　と、ふと、彼女の顔に影がさし、視線を落としてぽつりとつぶやいた。

「……でも、これも、今日が最後なんだよね……」

「…………うん」

　蒼真はどう答えればいいかわからず、黙々と味噌汁をすする。

　彼女が慌てたように、

「あっ、でもでもっ！　ときどきは、またこうやって、ご飯を作りに来るよ！　そして、また一緒に新しい企画とか考えよっ！」

「うん、是非……」

再び、二人の間に沈黙が落ちる。

気まずさを少しでも払拭するために、蒼真から尋ねる。

「そういえば、昨日も夜は遅くまで作業してたの？」

「ラノベの挿絵の〆切が一つあったから。でも、実はまだ終わってなくて、今日、校長先生のお話し中に仕上げちゃうつもりだよ！」

「やっぱり、売れっ子は大変だね。あんまり無理しすぎないように」

「うーん、とはいっても、実は、今は結構、暇なんだー。ゲームの仕事が無くなったから、その分……、って、あ………」

光莉はこつんと、自分の頭を叩くと、ちろりと舌を出して、

「あたし、だめじゃん。あの話はもうしないって決めたのに。ごめん」

そう言って、慌てて椅子から立つ。

「デザートに、ミカンのムース食べるよね？　昨日、作ったんだ！　ちょっと待ってて！」

そして彼女は、冷蔵庫からムースのタッパーを取り出し、容器に盛り付け始めた。

一方の蒼真は、コーヒーを飲もうとカップを持つ。表面にはひどく疲れた顔をした自分が映

っていて、ため息とともに中身をごくりと飲んだ。

一週間前の七月十一日、カオスソフト社から開発中止の話が来たとき、スカイワークスの面々は皆、冗談だと信じて疑わなかった。

なにせ、ＣＢＴの参加者数を二万人集めるという約束はきちんと果たしたし、そもそも、応募者は予想を大きく上回る六万人だったのだ。アンケートの評価は良く、これで開発を続行しない理由は無いはずだ。

そして、怒り心頭の美月に、いつものファミレスに呼び出された山田が、血の気の引いた表情で説明したところによると、確かにＣＢＴの参加者は目標人数を達成したものの、一人あたりの一日の平均プレイ時間が十五分程度と短く、同社の内部指標である一人六十分を大幅に下回っていた。それ故に、開発は続行出来ないという判断が下された、ということだった。

そんなの後出しじゃんけんじゃない！　卑怯(ひきょう)よ！　と、山田の首を絞め上げにかかった美月をみんなでなだめつつ、蒼真は己の失策に気づき、内心で唇をかみしめていた。

Ｖｔｕｂｅｒを使ったプロモによって登録者数は大幅に増やせたが、それは同時に、光莉達(たち)のコアなファンではなく、とりあえず興味を持った多くのライトユーザーを流入させたことになった。ライトユーザーが増えれば、当然、全体の平均プレイ時間は大きく押し下げられる。

とはいえ、そんなのは、常識的に考えればわかるはずだ。それを加味すれば平均プレイ時間は開発中止の判断根拠としては弱いし、むしろ、応募者が予想より大きく上回ったことを考えれば別の判断になるのが普通ではないのか、と、そう蒼真は山田を問い詰めたものの、彼は言葉を濁し、次の打ち合わせがあるので、と言って逃げるようにしてその場から立ち去った。

　そんなやりとりの最中、光莉はずっと、心ここにあらずといった状態だった。

　心配した皆が声をかけると、彼女は弱々しく笑い、

「みんな、ごめん……、あたし、ちょっと、考える時間がほしいかも」

　そう言って場をお開きにし、蒼真の家に帰った後は、自室に閉じこもってしまった。

　それから、二日後、彼女はチームのチャットグループに、プロジェクトの正式な解散と、費用を精算する旨（むね）を投稿したのだった。

　そのときの憔悴（しょうすい）しきった様子に比べれば、今はだいぶ普段通りの光莉に戻った気がする。

　とはいえ、ふとした拍子に、無理している様子も感じられて、そのたびに蒼真はずきりと心を痛める。

　時計の針は午前八時を回った。

　光莉は玄関で靴を履くと、手にした鞄（かばん）の中身を目で確認し、

「忘れ物は、うん……、多分、無し！」

　そう言って顔を上げると、ふと、視線を玄関脇に向けた。

そこには、折りたたまれた引っ越し用の段ボールの山が積まれている。

わずかの間の後、光莉がそこから目をそらし、少し寂しそうに蒼真に笑顔を向けて言った。

「今日、学校の後で、荷造りするね。終業式だし、そんなに遅くならないと思うし。……じゃ、行ってくる……！」

「気をつけて」

こちらに手を振る光莉の姿が、ドアの向こう側に消える。一瞬、その目に光るものが見えたような気がした。

彼女を見送った蒼真は小さくため息をつくと、両頬を自分の手で叩いた。

「まだ……、完全に終わったわけじゃない……」

自分がやれること、やるべきことはまだ残っているはずだ。

助けてもらったチームのみんなに、恩返しをするためにも、最後まであがかなくちゃいけない。

それから、壁に掛かった時計を見る。

約束の時間は午前十一時だ。

蒼真はスーツに着替えるべく、自室へと向かった。

2

蒼真が、六本木にあるカオスソフトの本社ビルを訪れるのはこれで二回目だった。

ただし、今日は、蒼真一人だけ。学校がある光莉をこの時間に連れてくるわけにはいかなかったし、彼女にも蒼真がここに来ていることは伝えていない。

「スカイワークスさま、お待たせいたしました」

ロビーで待っていると、案内の女性に声をかけられ、蒼真は席を立つ。

通されたのは前回と同じ居室。窓の外は今日もまた、曇り空に覆われた東京の街並みだった。

やがて、ドアがノックされ、ジャケット姿の男性が入ってきた。部長の沢上だ。今日は山田は同伴しておらず、彼一人だ。

蒼真は立ち上がり、深々と頭を下げる。

「お忙しい中、お時間をいただきありがとうございます」

「いえ、こちらこそ、ご足労いただき恐縮です」

椅子を勧められ、蒼真は会釈(えしゃく)して腰掛ける。

受付の女性が運んできたコーヒーをテーブルの上に置く間、蒼真は目の前に座った沢上の顔を観察する。この前会ったときとは異なり、彼の目の下にはクマが出来ていて、疲れの色が隠せないようだ。

女性が退出した後、蒼真は静かに呼吸を整えて言った。

「私から、よろしいでしょうか」

「ええ、もちろん」

蒼真が目を細め、沢上のまぶたが微かに動く。

「今回、我々は、ＣＢＴ参加者二万人達成を条件に、開発の継続を検討するというお約束をいただいておりました。そして、条件は達成したものの、御社としては、平均プレイ時間が基準を満たさないという理由で、開発の続行は難しいという判断をされた……、そういう理解でよろしいでしょうか？」

「結構です」

沢上は蒼真を見て、小さくうなずく。

「その上で、大変失礼なこととは承知の上で、単刀直入にお伺いいたします。我々がＣＢＴ二万人を達成するか否かにかかわらず、元々、御社としては、最初から開発中止という選択以外にはあり得なかった、ということはありませんか？　……いえ、言葉が過ぎました。一応、『検討』は行う。だが、あくまでそれは形の上であり、中止という結論が翻る可能性は極めて低かったとか……」

二人の視線がテーブルを挟んで交差する。

沈黙が落ちる。

ややあって、沢上が小さくため息をつく。

「……ええ。天海さんのご理解のとおりです」

疲れた声だった。

「あのとき我々としてお約束したのは、あくまで、検討の継続だけであって、必ずしもプロジェクトそのものの継続ではありません。最終的な結論についても、その理解で結構です」

そして、沢上は目の端を微かに潤ませて続けた。

「……ただし、本音ベースのお話として、私ども事業部の思いと上層部の意向は異なることだけは、お伝えさせてください。私も、そして部下の山田も、御社のCBTの結果を踏まえ、上に再考を促したのは事実です」

やはり、と暗澹たる気持ちになった。

サラリーマンとして、沢上の気持ちはわかる。彼は決して嘘は言っていないし、やれるだけのことはやってくれたのだろう。

だけど、光莉達クリエイターに対して、到底、誠実な態度ではない。

彼女たちは、なんとかゲーム制作を継続させるべく、CBT参加者二万人を集めるために、奔走したのだ。だが、それは、無駄骨に終わったのだ。

そうなる可能性が高いことがわかった上で、彼はスカイワークスにCBT二万人の条件を出したのだ。

蒼真は怒りを抑え、意識して淡々とした声で返す。

「御社のご事情、理解いたしました。その上で、もう一つ、立ち入ったことをお伺いします」

「なんでしょうか」

「今回の御社の急な方針変更ですが――、先月行われた役員人事の影響があると思っても良いでしょうか」

「…………」

沢上の顔が凍り付いた。

蒼真は、自分のモバイルＰＣ画面に同社のプレスリリースの画面を映し出す。

「新しく取締役（とりしまりやく）に就任された森山純一（もりやまじゅんいち）様ですが、御社のメインバンクである四葉（よつば）銀行からのご出向者ですよね。御社が金融機関から役員を迎えるのは初めてということですが、としますと、一般的にはこう考えるのが自然です。現在、御社は金融機関の意向を強く受けて、経営方針の見直しに動いている、と……」

「…………」

沢上の顔から血の気が引いていた。

「今回のご決定が、あまりにも不自然だったので、私のわかる範囲で調べさせていただきました。不躾（ぶしつけ）なご質問、誠に申し訳ございません」

蒼真は深々と頭を下げる。

こんな話をビジネスの場で言うのは重大なマナー違反だということは認識している。だが、この際、なりふりは構っていられなかった。

一分近い沈黙の後、沢上は手元の冷め切ったコーヒーを飲みほし、力なく笑って言った。

「……私の立場ではなにも申し上げられません。ただ、それが答えだと受け取っていただいて結構です」

「……ありがとうございます」

そして沢上は少しだけ目元を潤ませて言った。

「天海さんはお詳しいですね」

そして、ふと、思い出したように言った。

「そうでした、あのラングリッドテクノロジーにいらしたんですよね。いろいろ、大変なことがあったでしょう」

「……はい」

ラングリッド社の突然の買収劇。だが、今となってみれば、前兆はいくらでもあった。財務状況があやしいと社内でささやかれ、金融機関から役員も送り込まれていた。

だから、今回、カオスソフトが急な方針転換をしたとき、そこに経営陣の大きな意思を感じた蒼真は、同社のIRページを見て、そして、カオスソフトへも、金融機関から役員が送り込まれていることに気づいた。

悔しさがこみ上げてきて、蒼真は唇をかみしめ、そして絞り出すように言った。

「だから、今回の件は、私が、もっと早くに気づいておくべきでした……。そうすれば、彼女たちを苦しませることはなかった」

「…………」

沢上が再び言葉を失い、室内に重い沈黙が落ちる。

そうしているうちに、ドアがノックされ、受付の女性が会議室の予約時間がまもなく終わることを告げた。

蒼真は沢上の案内で、エレベータホールへと向かう。

そして、籠が来るのを待つ間、蒼真は彼に静かに言った。

「沢上さん……。僕が、高校生のとき好きだったゲームが、『セイクリッド・ディストニー』だったんです」

「…………え」

「何度もプレイして、何度も泣きました。だから、スタッフロールにディレクターとして載っていた沢上さんのお名前も、よく覚えています。あのゲーム、僕は大好きです」

チャイムが鳴って、エレベータの扉が開いた。

籠に乗り込み、沢上にお辞儀をすると、呆けたような表情をしていた彼が、慌てて頭を下げ、両側から閉じた扉が彼の姿を隠した。

——だから、そんなあなたが後進のクリエイターを潰そうとする姿を見て、幻滅しました。

その言葉は辛うじて飲み込んだ。

下降していく籠の中で、蒼真は背中を壁にもたれさせ、深くため息をつく。

とりあえず、今日、確かめたかったことは聞けた。

あとはこれをもとにどのような打ち手を考えるか、だ。

まだだ。まだやれることはあるはずだ。

チャイムが鳴り、エレベータの扉が開く。

蒼真は小さくため息をつくと、ロビーに足を踏み出した。

3

午後五時すぎに家に戻ってきた蒼真は、自室のテーブルの上に、途中で立ち寄った図書館のリファレンス室で入手してきた書類の束を置くと、電卓と黄色マーカーを片手に内容を精査し始めた。

集めてきた資料は、『東京データバンク』が出しているカオスソフト社の企業情報と、帝国経済新聞社のデータベースから引き出した同社に関する記事の一覧だ。

ずっと、泉に言われてきたことがある。

使えるエンジニアとしてこの先も生き残りたいのであれば、技術を追い求めるだけでなく、常に顧客の課題を探り、その解決方法を考えろ。今後、ＩＴはあらゆる産業と密接に融合していく。それは営業の仕事だ、運用の仕事だ、と自ら縦割り文化に甘んじていると、そのうち必ず食えなくなる。仕事をとりたければ、顧客を見ろ。

『東京データバンク』から出ているカオスソフト社の財務状況レポートは、昨年の段階では、そう悪くはない。昨年度の年間売上高は百五十億円で、中堅メーカーとしてはそこそこの売上を確保している。ただし、レポートでは、昨年リリースした、二つのゲームの売上が想定より伸びておらず、そのうちの一つはサービス終了が決まったこと、それにより、固定資産の除却等で、来年度は減収減益に陥り、経営の立て直しが必要になる、と書かれていた。

つまり、それが、蒼真が同社のサイトで見つけた四葉銀行からの役員受け入れにつながり、そして、蒼真や光莉達が制作をしていた複数のプロジェクトの中断という判断に至ったのだ。中断は、金融機関の指示なのだ。そして、メインバンクの指示に逆らえる企業など、この世にあるわけがない。

蒼真はマーカーをテーブルの上に置いて深いため息をつく。

こんな状況でどんな打ち手があるというのか。泉はああ言うが、そうはいっても、自分は単なるシステムエンジニアだ。エンジニアが、どうやって、一企業の財務状況を劇的に改善させることが出来るのか？

企業の事業を大きく変えることが出来るのは、一般的に役員層や経営企画部のような部署と直接やりとりをする会社だ。メガバンクのような金融機関か、あるいは、外資系の大手のコンサルティングファームといったところだ。

いや、エンジニアでも、そういうことに関われる会社はある。大手コンサルティングファームであれば、ITエンジニアが主体となって顧客の経営を変革するような戦略を立案し、実装までワンストップで提供することがある。最近のトレンドならば、ユーザーの購買履歴や行動履歴などのビッグデータを活用して、いかに売上を最大化するかといったものが多い。

たとえば、コンサルティングファームなら、今回のCBTにおけるユーザーの行動履歴を解析、予想される収益をシミュレーションして、経営陣を説得するということも可能だろう。

もし、自分にも、そういう大きな力があれば……。

……と、そこまで考えたとき、はたと気づいた。

『大手のコンサルティングファーム』といえば、それこそ泉のいる、ギーリル・ジャパンがそうじゃないか？

あそこがもし、カオスソフトと取引があるならば。いや、直接取引はなくても取引先や、あるいは金融機関を通じてつながっていたりしたら。そうしたら、そこからなんらかの形で、カオスソフトの上層部にコンタクトを取って……。

可能性は極めて薄い。だが、調べてみる価値はある。

ならば、まずは泉に連絡を取ってみるのがいいだろう。彼女の連絡先は……、そう思って、
スマホを手に取ろうとして、液晶画面を見たとき、思考が中断した。

時刻は午後九時を過ぎていた。

顔を上げると、窓の外はとうに暗い。

あれ……？　と思った。

光莉は帰ってきてたっけ？

今朝、出がけに、今日は終業式だから早めに帰ってくる、と言っていた。

立ち上がり、部屋の外に出る。

ダイニングも玄関も真っ暗で、引っ越し用の段ボールは、手つかずのまま束ねられたままだ。

当然、光莉の部屋にも彼女の姿はない。

彼女は夕方には帰ると言っていた。そして引っ越しの荷造りをすると言っていた。

それなのに、連絡もなしにこんなに遅くなるなんて……。

胸騒ぎがして、自分の部屋にとって返し、スマホを手に取る。

彼女にメッセージを送ろうとして、いや、これは電話の方がいいか、と通話ボタンを押し、
呼び出し音が鳴ること十数秒。

つながらない。

もう一度、かけ直す。

それから数秒後。

今度は、つながった。

「も、もしもし……!?」

だけど、電話の向こう側から声は聞こえなかった。

いや……。じっと息を押し殺し、何かを堪えているかのような気配がする。

「あの……！　光莉さん……、光莉さんだよね……!?」

沈黙が続く。

だけど、スピーカーの向こう側からは、確かになにかが聞こえてくる。

微かな吐息。

そして……、波の音……？

「光莉さん、今、どこにいるの……!?」

息を呑む気配がした。

それからややあって、弱々しく、かすれた声が、こぼれてきた。

『……えっと……………、海…………、来ちゃった………』

涙混じりの声だった。

「う、海……？　どこの……!?」

『……ええと……ね……、有明……。ビッグサイトの近く』

どうしてまたそんなところに、という言葉を飲み込み、すぐにそっちに行くから待っていて、と言い残すと、蒼真は上着を羽織り、駅に向かって、急いで家を飛び出した。

4

新橋駅でゆりかもめに乗り換えて、お台場方面に向かう列車に乗る。白い城壁を思わせる汐留の高層ビル群の間を通り抜け、ループ橋をのぼり、夜の海にかかるレインボーブリッジを通り抜けていく。

一刻も早く着いて欲しい、そんなもどかしい思いとは裏腹に、列車は夜景に飾られたお台場地区をのんびりとした速度で走って行き、やがて二十分経ったところで、ようやく東京ビッグサイト駅へ到着した。

駅ホームから降りた、蒼真はまっすぐにペデストリアンデッキへと走って行く。

光莉は、海が見えるところにいる、と言っていた。

潮風の匂いが鼻をつく中、展示場を回り込むように走って行く。運動不足のせいで、途中で息切れしかけるが、それでも足を止めることなく、走り続ける。

そして、ひときわ大きな展示ホールの角を曲がったところだった。

……いた！

芝生の上で、海を向き、膝を抱えて座っている、制服姿の少女。

街路灯に照らされたその姿で、光莉だとすぐにわかった。

「光莉さんっ！」

段差のコンクリにけつまずきそうになりながら、彼女の元へ走り寄っていく。

「おーっ！　そーまさん、来た来た!!　待ってたよー！」

光莉が立ち上がって、こちらに向かって両手を振ってくる。

「急に、海を見たくなっちゃってさー……！　あははー！」

口調こそ明るく笑顔ではあったが、近づいてみると、その瞳は泣き腫らしてウサギの目のように真っ赤で、頬には涙の流れた跡があった。

「…………」

彼女の顔を間近で見た瞬間、安堵で蒼真の全身から力が抜け、その場にしゃがみ込んでしまった。

そして、しばらく息を整えた後、光莉の顔を見上げ、喉の奥から絞り出すように言った。

「……よかった……、無事で……」

途端、彼女の顔がくしゃり、とゆがんだ。

続いて、ぼろぼろと、大粒の真珠のような涙が彼女の双眸からあふれ出す。

「………ごめん………。そーまさん、心配かけて……、ごめんなさい……」

あふれた涙は、頬を伝い、細い顎から、地面へぽたりぽたりと落ちていく。

蒼真はゆっくり立ち上がると、ポケットからハンカチを取り出し、彼女に手渡す。

「これ、使って……」

「あり……がと……」

彼女は目元をぬぐうと、鼻をちーん、とかむ。

「洗って返すね……」

そう言うと、ハンカチを折りたたんで、芝生に置かれた鞄の中にしまった。

蒼真は自販機でペットボトルのお茶を買ってくると、光莉と並んで芝生の上に座った。

「ありがとう……」

ペットボトルを受け取ると、喉を鳴らしながら、ごくごくと半分ほどお茶を飲み干す光莉。

だいぶ喉が渇いていたらしい。

「落ち着いた？」

「うん……っ！　もうばっちり！」

それが、カラ元気だということはわかった。

二人は再び沈黙する。

海の向こうの工業地帯にある建造物に取り付けられた赤い航空標識が、ゆっくりと点滅している。首都高速を通る車列の光の帯が、舞台の演出のようにきらびやかに光り、移動していく。遠くから聞こえる飛行機の音や、車の音が、波の音に混じって、どこか寂しげに聞こえてくる。

海から渡ってきた、夏の生ぬるい潮風が、光莉の長い髪を揺らす。

蒼真は、海をじっと見つめる彼女のはかなげな横顔を見て、気になっていたことを尋ねた。

「光莉さんが、ここに来た理由って、もしかして……」

途端、彼女がぴくりと反応し、蒼真に顔を向けると、少し照れくさそうに言った。

「……うん。ここ、初めてあたしがそーまさんと会った場所だから……」

「コミケのとき、だよね……？」

「そう、そのときのことを思い出しちゃって、気づいたらここに来てたの」

光莉が蒼真を知ったのは、彼女が訪れたコミケにて、当時、蒼真が主宰していたサークルが頒布していたゲームの体験版を入手したことがきっかけだった。

そして、それ以来、イラストレーターになった彼女は、自分のゲームを一緒に作るために、蒼真を探し続けていた。

「あれって、今、思うと運命だったと思う。……あのゲームに出会えていなければ、あたし……、今、ここにいなかったかもしれない……。いや、お父さんの赴任にくっついていって東京にいなかったという意味じゃなくて……、物理的に消えていたと思うの」

「……どういう……、こと……？」

蒼真は戸惑いながら尋ねる。

光莉は、双眸を細め、にっ、と笑ってみせた。

「あたしは……、あのとき、蒼真さんに生きる意味をもらったの」

彼女は、蒼真達の作ったゲームがきっかけで、自らもゲーム作りを目指すようになった、という話は、以前に聞いた。

だけど、今の話だとそれだけじゃない。

蒼真の関わったあのゲームは、彼女にとって、蒼真が考えるよりも、遙かに重たい存在だったということだ。

光莉は、笑顔のまま右腕を持ち上げると、自分達が座っている場所から見て、左側の方を指さして、静かな声で言った。

「小学六年生の頃だったの。あのとき、あたしは毎日のようにあそこに通っていたの。……お母さんのお見舞いで」

「…………」

彼女が指で指し示した先にあったのは、夜の闇の中に建つ、白い大きな建物。

――帝都大学医学部付属有明病院

その文字がライトに照らされ、夜の街に無機質に浮かび上がっていた。

蒼真は、彼女の横顔を見る。

「あの日も夏だった。そして、お父さんとあたしの前で、主治医の先生は言ったの。お母さんは、あともって二ヶ月だって」

光莉の長い睫が伏せられ、微かに揺れた。

「あたしは、それから毎日のようにお母さんの病室にお見舞いに行った。だけど、日が経つにつれ、お母さんは寝ている時間がどんどん長くなっていって、面会に行っても、お話出来ない日ばっかりになった」

少し強い潮風が吹いたのと同時に、光莉の髪がかき乱され、前髪が彼女の表情を隠す。

「そのうち、お母さんは、別の病棟に移された。ゆっくり過ごすためのお部屋だって。その話を聞いたとき、お母さんはもうすぐ、いなくなるんだっていう実感がわいてきた。……そして、あたしは思った。お母さんがいなくなるんだったら、あたしも消えてしまいたい、って」

光莉が目にかかった前髪を手ではらい、

「……まっ、今、思うと、そのときのあたし、めちゃくちゃ子供っぽかったと思うけどね!!」

八重歯を見せて、蒼真に笑ってみせた。

「とにかく、そのときのあたしは、ずっと消えてしまいたいって思ってた。そんなある日、お盆に入った直後、病院の隣にあったものすごく広い建物に、たくさんの人が集まるイベントがあった。それがコミケだってことは知識としては知っていたけど、当時のあたしはまるで興味が無かったし、人が多くて、いやだなって、思ってた……」

いやー、ほんと、当時のあたし、めっちゃありえないよね、信じられないよね、と光莉は繰り返し続ける。

「だから、病院からの帰り道は人の多いところを避けようと思って、普段使わない道を通ったんだけど、どこも人でいっぱいで迷子になっちゃったの。それで人波に流されるまま進んでいったら、いつの間にか建物の中に入っちゃって……。で、そこで、あたしが目にしたのは、砂漠に放置された飛行機の前に立って泣いている女の子が描かれた、とっても儚い印象のゲームパッケージ。妙に惹きつけられちゃって、しばらくその前から動けなかった。そうしたら、男の人が、笑顔であたしに体験版を差し出してきたの。このゲームは絶対に気に入ってもらえると思う、って言って。それが、そーまさんだったってわけ！」

「そう……、だったんだ……」

彼女があのゲームの体験版をプレイして、ヒロインに感情移入した、と言っていた理由がなんとなくわかった気がする。

あのゲーム『風の砂漠と飛行機乗りの少女』は、人類がほとんどの動力源を失った滅び行く世界が舞台。プロローグにあたる体験版の物語では、戦争で敗走する人造人間の少年兵が、元・飛行機乗りの少女と出会うところから始まる。飛行機に乗れなくなった少女は、生きる意味を失っている一方、人体が腐り死期が近い少年兵は生きる意味を探していた。二人は奇妙な共同生活を通じて、お互いに心を通わせるが、最後、死期を悟った少年は、自分の機械の身体を動力源として少女の飛行機につなげることでこの世を去るというお話。少年は死んだものの、少女の飛行機を蘇らせ、少女に生きる意味を与えたことで、自らも生きた意味を獲得したのだ。

「ゲームをやって思ったの……。あたしは、この飛行機乗りの女の子なんだって。そして、あたしは、生きる意味を、お母さんにもらったんだって……」

途中で制作を中止してしまったあのゲームが、こんなにも光莉に影響を与えていたなんて、考えもしていなかった。

胸の奥底がじんわりと、熱を帯びてくる。

「あー、そーまさんに話したら、すっきりしたー！」

そう言って、光莉は両腕を空に向かって上げ、大きく伸びをすると、そのまま芝生の上に大の字になって寝転んだ。

「別にね、隠すつもりもなかったんだけど、なんかすっごく辛気くさい話だし、まあ、いつか機会があったら話そうって思ってたんだ。ちょっと、こういうタイミングになるとは思わなかったけど。……とにかく、あたしは、あの日、この場所で出会ったあのゲームで、そーまさんからも生きる意味をもらったの……」

その声は、またも涙声に変わっていく。

「あれがきっかけで、あたしはイラストレーターになって、自分でもゲームを作りたいと思うようになって……、そして、あたしに生きる意味を与えてくれた、そーまさんをようやく見つけて、一緒にチームを組めて、これからだって、思って……。……思ったのに……」

ちょうど、上空を羽田空港に着陸する飛行機が通過しつつあった。

エンジン音が空から降ってくる中、光莉はそっと右腕を、己の目の上にかぶせる。

「……でも……、失敗しちゃった……」

小さな口から、こぼれ落ちた言葉。

「あたしが、甘かったんだと思う。……そーまさん、巻き込んでしまって、ごめんなさい……。あたしの社畜になってください、とか調子のいいことを言って、取り返しのつかないことをしちゃって……、ごめんなさい……」

彼女の瞳から、再び涙が流れ落ちる。

蒼真はなにもいえなかった。知らず知らず、己の右の拳が力強く握りしめられる。

中途半端な慰めの言葉などは無意味だと思った。

今、自分は、自分がなすべきことを実行に移すほかない。

自分だって、彼女に誘われたから、またゲーム制作の世界に戻って来られた。楽しさも苦しさも味わえた。

だったら、最後は笑って成功させるしかない。

光莉が落ち着きを取り戻すまでの間、蒼真はずっと彼女の隣に座っていた。

遠い空を、羽田から飛び立った飛行機が、航空灯を明滅させながら、ゆっくりと高度を上げていくのが見える。

その後ろに、大きな満月がどこか寂しそうに淡く光って浮かんでいた。

帰り道の電車の中、光莉は泣き疲れたのか、隣の蒼真の肩に頭をもたれさせて、ずっと眠り続けていた。

華奢な身体、細い四肢、色白の肌。もろくて、はかなげな彼女の姿。

そんな彼女のために、今、自分が出来ることは。

蒼真は、泉に連絡を取るべく、スマホを取り出す。

大手コンサルティングファームのギーリル・ジャパンを巻き込んだ提案方法が一つある。それを泉に相談するのだ。使える物はなんでも使うつもりだった。

画面をつけたところで、メールが一件、入っているのに気づき、蒼真は眉をひそめた。

――泉からだった。

内容は、「急ではあるが、明日、会えないか」というもの。

もちろん、こちらとしては願ったり叶ったりだ。

だけど、なんで向こうから、このタイミングで……？

疑問に感じたものの、それは明日、彼女に直接確認すればいいと思い直し、蒼真は急いで返信のメールを書き始めた。

5

七月二十日、水曜日。以前会ったときと同じ、東京駅前にあるシェアオフィスで待っていると、約束の午後二時ちょうどに泉は現れた。

いつもと同じ、濃紺の上下のスーツ。

「やあ。急に悪いね」

「いえ、こちらこそ、ありがとうございます」

それから二人はコーヒーカップを手に、東京駅が一望出来るカウンター席に向かった。

「さて、どちらから話そうか」

「そうですね、まずは先輩からお願い出来ますか？」

蒼真の話は長くなる。それに、泉がなにを話すのかはわからないが、今日はこちらから提案する立場である以上、相手方の情報は少しでも多く持っておきたい。

「わかった」

彼女は小さくうなずくと、蒼真に視線を向けて言った。

「昨日、君のところの代表──羽白光莉さんからメールをもらった」

「…………え？」

予想外の話に思わず、泉の顔をまじまじと見つめ返してしまった。

「内容は、現在、君たちが置かれた苦境についてと、それを踏まえた上で、君の新しい職場について、……つまり、君の転職先をさがしてくれないか、というものだった」

「そ、そんな……」

混乱する。光莉がそんなメールを泉に送っていたなんて、考えてもいなかった。

一瞬、どうして光莉が泉の連絡先を知っているんだ？　と疑問に思ったが、以前、二人が名刺を交換していたことを思い出す。泉も転職時に新しい連絡先を一斉メールで送っていたのだろう。

「彼女からのメールにはいろいろな意味で驚いたよ。君を巻き込んでしまったという後悔の言葉とともに、私がいるギーリルに君を紹介してくれないか、と書かれてあった。ギーリルから君へオファーレターが出ていることは、彼女は知らないんだろう？」

「ええ、もちろん……」

「そうか」

光莉の心境を思いやる。彼女がそこまですることはないのだ。そもそも、最終的に決断したのは、大人である自分だ。

彼女はコーヒーを口に含み、言った。

「今回の件は、残念だった。とはいえ、かなりいいところまで行ったんだろう？　ニュースサイトは見ていたよ。だから、運が悪かったというしかない。発注元の経営方針という大波にあらがうことは難しいからな。……もっとも、君は今回で、二度目の大波をかぶったわけだが」

蒼真は膝の上に置いた拳を握り、泉の目を見て言った。

「そうですね。大波をかぶってしまったと思います。ですので、その大波……、今度は、こちらから起こすということは出来ないでしょうか」

「………なに？」

泉がいぶかしげな表情を浮かべて、蒼真を見た。

蒼真はタブレットの画面をつけると、今朝方まで作っていたプレゼン資料を表示させ、泉の手元に滑らせた。

「カオスソフトに対して、ギーリル・ジャパンと私たちで、共同での提案が出来ないか、という資料です。ご確認ください」

泉は黙って資料に目を落とす。

今回のＣＢＴのログを解析していてわかったことがある。それは、Ｖｔｕｂｅｒを使ったプロモーションで流入させたユーザー層は、確かに一日あたりのプレイ時間は短かったものの、期間中、その七割が毎日ログインしていたログがとれている。彼らの関心は、絵師・影宮夜宵が描くイラストにあり、彼らのロイヤリティを高める有効な施策をとり、たとえ短時間のログインでも確実な収益を上げる方法があるのではないか。課金額はわずかかもしれないが、ユーザー全体の課金率を高める手法を使えば、高収益が見込めるのではないか。

そして、この仮説検証を、ギーリルとスカイワークスが共同で行う。

具体的には、ビッグデータの解析と施策立案をギーリル・ジャパンが担い、ゲームそのものへの実装は、スカイワークスが行う。仮説と検証を、高速で繰り返すことによって、ゲームそのものの収益をあげるとともに、ここで生み出されたビジネスモデルを、カオスソフトの他のゲームへも横展開し、同社全体の業績の底上げを図る。

三分後、資料を読み終えた泉は、

「ふむ……、なるほどな」

そう言って、口元に手をやった。蒼真の背中に冷たい汗が流れる。

この仕草をする泉は、過去、何回か見た。大抵は、大枠では悪くないものの、一方で、なにか大きな問題があるときの反応だ。

「天海君、このファイル、もらってもいいか？」

「もちろんです」

蒼真がファイルをメールで送り、彼女は自分のPCを開いて、ひとしきりなにかを打ち込むと、顔を上げて蒼真を見た。

「この提案資料だが、全般的にはよく書けている。だが、一つ、大きな欠点がある」

「…………はい」

予想通りの反応が来た。

「良い点は、極めて現実的な施策であり、成功確率が低くはないプランである点だ。私が普通の会社の決裁権者ならＧＯを出すだろう」

そして、泉は目を細める。

「一方で、欠点は、財務基盤の立て直しに走っている会社が果たしてこれをやるか、という問題だ。視野が狭くなった会社は、その恐怖心ゆえに、往々にして将来の成長に対する投資すら避けるようになる。成長の芽を摘み、業績悪化の悪循環に陥るにも関わらず」

「…………はい」

泉の言うとおりだった。蒼真も以前の会社にいたとき、業績の悪化に伴い、なかなか新サービスを作ることを許されなかった。

「それで、その欠点をどのように補うか、君の頭の中に解決策はあるのか？」

「いえ……、ギーリルの名前を使い、プレゼンで補う、としか……」

「だが、あそこのメインバンクの四葉銀行には全く刺さらないだろう。四葉は客の成長などに興味はない。ただただ、貸付金の回収しか考えていないところだ。コンサルファームとは相性が悪い」

「…………」

どう返せばいいかわからず、蒼真は口を引き結び、視線をテーブルの上に落とす。

やはり、だめなのか……。いや、他に方法があるはずだ。その相談をしに、泉とアポを取ったのだ。

と、泉が一瞬、パソコンのモニタに視線をやった後、淡々と続けた。

「だが、方法がないわけではない。――故に、たった今、ギーリル・ジャパンは、君からの提案を受け入れることにした」

「…………へ？」

一瞬、なにを言われたかわからなかった。

「今、なんて…………？」

「今から五分前、私は、私の意見をつけた上で、君の提案書をチャットでボスに送り、その場ですぐに決裁された。その回答は、ギーリルはスカイワークスからの提案を喜んで受け入れるというものだった」

提案を、受け入れる……？

「ギーリルが考える具体的な施策はこうだ。君の提案した内容を、当社も参画する三社共同のプロジェクトとして推進し、かつ、ギーリルはカオスソフトに対する開発業務委託費として、二十億円を支払う」

「にじゅう…………⁉」

蒼真は固まってしまった。

前職も含めて、そんな金額のプロジェクトに関わったことなど、今までない。

いや、世の中には百億円、一千億円単位の開発プロジェクトなんて無数にある。そして、全世界での売上高が二兆円を優に超えるギーリルにとっては、はした金だろう。

「運用次第ではあるが、三年、持たせることは難しい金額だ。だが、ローンチして、効果検証をするには十分な金額でもある」

その金額ならば、年間売上高が百五十億円に届かないカオスソフトとしては、確実に受け入れることは間違いない。

メインバンクの四葉(よつば)銀行としても、このプロジェクトを止める理由は全く無くなる。

スカイワークスのゲームは、無事にローンチ出来るのだ。

蒼真の顔がほころびかけたとき、泉が言った。

「ただし、一つ条件がある」

そして、今まで笑顔一つ見せなかった泉の顔が、微(かす)かにゆがむ。

「それは君には受け入れがたいものかもしれない。だが、これはギーリルとして絶対に譲れない一線だ」

「…………？」

泉が、まっすぐに蒼真を見ている。

「天海くん。君には、リードエンジニアとして、ギーリル・ジャパンに入社してもらう」

「…………は？」

蒼真は、鳩(はと)が豆鉄砲を食ったような顔で、泉の顔を見つめてしまう。

「そして、私の部下として働いてもらう。年俸は前回提示した通り、一千四百万円だ。その他の条件はこの前渡したオファーレターを見て欲しい」

「い、いや……!! そのお話はお断りしたはずですが……！」

「今回の二十億円の中には、君を獲得する費用も含まれている。これは、ビジネスだ」

彼女は、一呼吸を置いて、静かな声で言った。

「天海蒼真。私のもとに来い」

「…………」

「君は知っているはずだ。私は、目的のためなら、手段を選ばない人間だということを」

頭の中が真っ白になる。喉はからからで、息も苦しい。

それから、蒼真は絞り出すように、言う。

「それは……、だめです……。それだけは……、だめなんです……！」

泉の鋭いまなざしが、蒼真に向けられている。

「スカイワークスは、光莉さんは……、僕に思い出させてくれたんです！　本当に、自分が、やりたいことはなんなのか、ということを……！」

蒼真は立ち上がって、泉に向かって悲鳴のような声を上げる。

「だから……、だから！　なにか、別の方法を……!!」

そのときだった。

「――スカイワークスは、そのご提案を受け入れます」

……背後から、よく知っている声が聞こえた。

まさか……、そんな……。

振り向きたくなかった。

「ギーリル・ジャパンの本プロジェクトへのご参画、感謝申し上げます。私たち一同、御社のお力になれるよう、最善を尽くします」

彼女が蒼真の右隣に進み出ていた。

りんとした姿勢で、泉に向き合っている。

「光莉……、さん……」

だが、彼女が、蒼真と目を合わせることはない。まなざしは真正面に向けられている。

その端に微(かす)かに光るものが見えるのは気のせいか。

「どうして……、ここに……」

声はかすれてほとんど出ていなかった。

「私が呼んだんだ」

泉が言った。

「代表の意思決定が必要だと考えてのことだ」

「…………あ…………」

光莉が、泉が、何かを話し続けている。

だが、最早(もはや)、蒼真の耳にはなにも聞こえてこない。

脈打つ自分の心臓の音だけが、身体(からだ)の中を巡り響いている。

手も、膝も、震えている。

その場に立っていられず、視界が暗くなる。

EPILOGUE

エピローグ

それから三ヶ月が経った。

十月も半ばを過ぎ、季節はすっかり秋に変わっていた。気温も日に日に下がり、街の木々も次第に色づき始めている。

カオスソフトに対する、ギーリル・ジャパンとスカイワークスによる共同提案は、当然のことながら関係者に驚きをもって受け止められ、プロジェクトの継続は、カオスソフトの経営会議において全会一致で可決された。

なお、ＣＢＴを体験した一般のユーザーは裏側の事情など知るよしもなく、ネット上では正式リリースを待ちわびる声も多く見られ、ゲームの公式ＳＮＳアカウントのフォロワー数も五万人を突破するなど、期待の声は高まる一方だった。

それらの反応におされる形で、カオスソフトとスカイワークスはギーリルからの委託費を元手に、正式リリースに向けた作業を開始していた。

ＣＢＴのときと比べて、制作しなければいけないアセットは桁違いに多くなる。メインストーリーやキャラストーリーの他に、毎月実施するイベントにあわせたストーリーやキャライラストも大量に作らなければいけない。それにＣＢＴの段階では一部しか用意出来ていなかった、声優によるボイス収録も必要だ。

　そのためには、あらゆるセクションでメンバーの増員が必要になる。

　シナリオは美月の知り合いの作家に声をかけ、イラストの制作では光莉がアシスタントを募集する。人件費については、ギーリルの出した開発費があるから心配は無い。

　だが、目下、課題はエンジニアだった。

　これだけの資金があれば、前任のエンジニアの代わりなどたやすく見つかるはずなのに、採用は難航し、システム面の開発は全く進捗していない状況が続いている。

　カオスソフトの担当者である山田が頭を抱え、スカイワークス側に自社から人を送り込むことを打診しても、代表の羽白光莉は頑なにそれを断り続けている。


　ギーリル・ジャパンの日本本社は、各国大使館の集積地でもある東京赤坂にそびえる、真新しいインテリジェントビルの四十階から四十五階にかけて入居している。

　そして、蒼真と泉が所属するアドテックセクションは四十三階にあり、当該部署には、ビッグデータを用いたサービス開発を手がけるエンジニアを中心に二百名程度が在籍している。

　フロアの一角に、観葉植物に囲まれたフリーアドレス制のワークスペースがあり、蒼真はそこのスタンディングデスクに向かって仕事をすることが多い。

そして、蒼真が、入社直後から約三ヶ月間に亘って手がけていた大手広告代理店が運用するアプリのログデータ分析業務に一区切りをつけ、両腕を天井に向けて大きく伸びをしたときだった。

目の前にホットコーヒーが置かれた。

振り向くと、そこには泉がいて、彼女もまた、手にコーヒーを持っていた。

「天海くん、もう、うちの仕事には慣れたか？」

蒼真は苦笑いして首を横に振る。

「いえ、全然です。ここは、意思決定のスピードが桁違いに速くて、ついていくのがやっとですから」

「私は、伝統的な日本企業が遅すぎるだけだと思うがな」

彼女がコーヒーを飲むのに合わせて、蒼真もカップを口につける。苦みが口の中に広がる。

「……とはいえ、風通しがいいのは気に入っています」

「たとえば、どんなところだ？」

「役職に関係なく、誰がどのような意見を言おうが、それが合理的であり、かつ、ギーリルの利益につながるなら、尊重されるという点です」

「ふふっ、そうだな。徹底した合理主義。それが、ギーリルのやり方だ」

そして、彼女は口元に微かな笑みを浮かべて言った。

「君のような将来性のあるエンジニアは、こういうところで腕を磨くのがいいと私は思っている。多少、強引なやり方をしてしまったが、私は後悔はしていない」

「……でしょうね。泉さんは、目的のためには手段を選びませんから」

それが時に非情に思えるものであっても、その決断が出来るからこそ、蒼真は彼女を尊敬していた。ビジネスとはきれい事だけでは済まないのだ。今の自分に欠けているものは、その非情な決断力だと思う。

「ところで、今日の午後三時以降の予定はあいているか？」

「ええ、特にタスクは入っていません」

「そうか。なら、君にも投資案件ミーティングに出てもらいたいのだが、どうだろうか」

「はい、もちろんお役に立てれば」

泉が目を細める。

「上が君の意見を聞きたいそうだ。今日の議題の一つが、カオスソフトへの投資についてだからな。……私は当然、賛成すべきだと考えている。彼女たちの作った作品をより大きく飛躍させるためにも」

蒼真は微かに息を呑む。そのことは社内チャットに流れていた情報で把握していて、泉には言わず上層部に直接、可能であれば自分も参加したい、と希望をだしていたからだ。

「………わかりました」

「よろしく頼む」

そう言って片手を挙げて去って行く泉の後ろ姿を、蒼真は複雑な思いで見つめていた。

――目的のためには手段を選んでいる場合ではない。


会議室には二十人ほどが集まっていた。参集メンバーはマネージャー層が中心で、年齢は上でも四十代半ばくらいだが、世界を股にかけて活躍している精鋭揃いだ。

今日の議題は、関係各社への投資可否判断。上場をしていないベンチャー企業を中心に、ギーリルの資本をいれるかどうかの判断をしていく場だ。

議長を務める五島マネージャーは、通信会社や金融企業などの買収を次々に手がけてきた人物だ。Tシャツにジャケット、ジーパンのラフな格好だが、眉間に苦悩の痕である深い皺が刻まれたその表情は、ビジネスの死線をくぐり抜けてきた者のものだ。

彼は参加メンバーを見渡して告げる。

「この会議での判断基準は一つ。相手が将来、大きな成長を遂げ、ギーリルに対して利益をもたらすか否かだ。なお、一案件の審議にかける時間は五分までとし、それを超える場合は原則却下とする」

空気がひりつく。

案件の審議が始まった。概(おおむ)ねの案件は可決されていくが、それでも、他のマネージャーの『詰め』に耐えきれずに却下される案件も散見される。

そして、カオスソフトの順番が回ってきた。

投資担当のスタッフがパワポを投影して説明する。

「カオスソフトには、先日、開発費として拠出した二十億円で経営を立て直させている最中ですが、当社としては、ここに更に、資本金として三十億円を入れ、第二位の株主となることを計画しています」

つまり、開発費をいれるだけでなく、株主となって経営に参画するということだ。

「彼らには、このまま事業を拡大してもらい、現在の年商百五十億円を、三年後には五百億円まで持って行ってもらいます。その後、株式上場(IPO)もしくは事業の売却(M&A)により、値上がりした保有株を放出し、出資額の回収と利益の確定を行うことを考えています」

「説明ありがとう。確かに、ゲームアプリ市場は飽和状態だが、ビッグデータや機械学習を用いた技術の進展や、世界市場への進出の結果、大化けする可能性を考えると、今の段階で賭けて(BETして)おくことは順当だろう」

議長役の五島マネージャーはそう言って、周りを見渡して言った。

「特段、問題はないと思うが、なにか意見のある者はいるだろうか？」

そのときだった。

蒼真が手を挙げた。

「どうぞ」

指名を受けて、立ち上がる。

「カオスソフトへの出資についてですが、私は、反対の立場です」

隣に座った泉が、驚いて蒼真の顔を見た。

議長が目を細めて言った。

「理由を教えてほしい」

「はい。同社は既に設立されて十五年。残念ながら、組織は動脈硬化を起こし、社内には事なかれ主義が蔓延（まんえん）している状況です。その象徴が、クリエイターの中間管理職化です。同社には伝説的なＩＰを作った制作者も在籍していますが、昨今の経営不振の影響か、保身に走り、なにも新しいものを生み出せなくなっています。つまり、あの会社には、利益の源泉であり、一番価値を持つべきクリエイターがいない。それが反対の理由です」

「そうか……、君はあそこと仕事をしていたんだったな。企業の資産価値査定（デューデリジェンス）に際して、内部事情に詳しい者の意見ほど尊重すべきものはない」

と、泉が手を挙げ、明らかにうろたえた表情で発言する。

「当然のことだが、既に二十億の開発費を投じた以上、我々はリターンを得なければならない。君は、そこをどう考えているのか？」

「はい。カオスソフトの代わりに、少額でも良いので、同社の開発パートナーであるスカイワークスに直接、資本と開発費をいれるべきだと考えます。スカイワークスは、利益の源泉であるクリエイターの集まりであり、今後、爆発的に伸びていく可能性があります」

五島が答える。

「なるほど。君が手伝っていたところか。ただ、あそこはまだ法人化をしていないだろう？」

「だからこそです。種の段階で、うちの資金をいれる。それゆえ、将来何十倍、いや何百倍にもなってリターンをもたらす可能性があります」

「ただ、あそこは学生が中心だと聞いている。ビジネス経験も乏しい中、単独でやっていけるとは思えないが」

蒼真は目を細め、五島を見据えた。

「でしたら、その経験を持つ者を、ギーリルから送り込めば良いと考えます。少し前まで、スカイワークスにはそのポジションの者がいました」

「……天海くん……、まさか……」

泉がこちらを見た。

「なるほど、理にかなっている。投資の本質は、博打だ」

議長がテーブルの上で手を組み、うなずくと、

「ただ、この規模の組織にギーリルから人を送り込むとしたら、出向ではなく、転籍でしかあ

りえない。つまりは片道切符だ。給与もギーリルからの出資金の中でやりくりしてもらうほかない。それでもいいのか？」

　会議室全員の視線が蒼真に集まる中、蒼真は落ち着いた、けれど、はっきりとした口調で答えた。

「はい。アドテックユニットの天海蒼真は、スカイワークスに転籍し、同社の成長のエンジンになることを希望いたします」

　静まりかえる室内。

　と、五島が微かに口の端を持ち上げて、言った。

「わかった。その方向で検討しよう。ただし、種は必ず大きく育ててほしい。そして、ギーリルの利益に貢献してくれ。……では、次の案件に行こう」

　隣に座った泉の、膝の上に置いた手が微かに震えていた。

「天海くん、君という人は……」

　憔悴しきった彼女の声に対して、蒼真は小さく頭を下げ、彼女だけに聞こえるように、静かに言った。

「泉さん、すみません。ようやく僕も、目的のためには手段を選ぶべきではない、ということを学びました」

　室内ではなにごとも無かったように、次の投資案件のプレゼンが淡々と続けられている。

＊

大通り沿いにあるファミレスのいつもの四人席で、スカイワークスの定例会は行われていた。

光莉と美月、凜の三人。ただし、そこに、かつていたエンジニアの姿はない。

美月はしばらく無言でパソコンのディスプレイとにらめっこをしていたが、やがて顔を上げ、眉間に皺を寄せて言った。

「光莉、予定では今日までにアップしているはずの、レアカード用のイラスト三点、まだ上がっていないみたいだけど」

「…………え？」

「みーちゃん、今、なんか言った……？」

頬杖をつきながらなにか考え事をしていた光莉が、きょとんとした顔を美月に向けた。

「……また聞いていなかったの？」

美月があきれたように言うと、光莉が慌てて顔の前で拝むように両手を合わせる。

「ごめんっ、みーちゃん！　ちょっと考え事していたの！　もう一度言ってくれないかな⁉」

「イラストが三点、まだ上がってないの！　いつアップするのかしら？」

「あ、うーん……、ラフまで描いたんだけど、なんかこう、納得がいかなくて、何回も描きなおしているうちに……」

光莉は髪を両手でぐしゃぐしゃとかき乱しながら、

「来週半ばまでにはなんとか……、頑張ってみる……」

はす向かいに座った凜が、親指を掲げてみせながら言う。

「……光莉ちゃん、大丈夫。遅れなら凜が吸収するから」

「ありがとう。迷惑かけてごめんね」

テーブルに両手をついて土下座のポーズをしてみせる光莉に、美月がため息をつく。

「わかったわ。来週までによろしく。それと、進捗はこまめに報告してちょうだい。……にしても、光莉がスランプなんて、めずらしいわね」

「うーん、自分ではそんなスランプって感じはしていないんだけど、でも、遅れているってことは、多分、スランプってことでいいのかな……?」

「そう認識したほうがいいわ。調子が出ないなら、それを前提にスケジュールを組まないと、後で痛い目に遭うから。私の経験からもそう」

美月はそう言いながら、自分のパソコンに向き合うが、ややあって、肩を怒らせて険しい表情になる。

「……それで、ガントチャートを引き直そうと思っているんだけど、やっぱり難しいわ。どうしても矛盾が出ちゃうし……。彼はよくもこんなこと、やっていたわね。ねえ、光莉、早く新しいエンジニア、雇わないの？」

光莉は一瞬、ハッ、としたような表情になったものの、すぐに眉間に皺を寄せて難しい顔になる。

「うーん、それは……、まだ。いい人が見つからないし……」

「こだわりはわかるわ。スキルと情熱を併せ持った人に来て欲しいというのは、私も同じ。でも、そんな人は滅多にいない。ある程度妥協をしないと、スケジュールはこのままずるずると遅れていくわ」

「それはわかっているんだけど……」

歯切れが悪い。

と、凜が、美月の、そして光莉の顔を順番に見て言った。

「……ねえ。やっぱり、蒼真、なんとかして連れ戻せないかな？」

「「…………」」

二人は同時に言葉を失う。

ややあって、美月が前髪をかき上げながら、

「今更、いなくなった人のことをあれこれ考えても仕方ないわ。……もちろん、私としても、彼には戻ってきてもらった方がなにかと助かるのだけど」

そう言って光莉を見ると、彼女はうつむき、前髪で目元を隠しながら、今にも泣き出しそう

な弱々しい声で言った。

「……だめ……だよ……。あたしのわがままで、そーまさんの人生、めちゃくちゃにしかけちゃったんだもん……」

美月も、凜も、口をつぐみ、わずかに視線を落とす。

「……だから、連れ戻すなんて出来ないし、あれできっと良かったんだよ……」

消え入りそうな、弱々しい声。

美月はそっと席を立つと、反対側にまわり、光莉の隣に座った。

そして、彼女の頭にそっと手を置く。

「私もそれで良かったと思う。話を聞く限り、それしか選択のしようがなかったわけだし、ああしなければ、プロジェクトの継続も出来なかった。誰も何も悪くないわ」

「…………うん…………」

「さあ、スケジュールは既に遅れ始めているわ。今はとにかく正式リリースに向けて、私たちがなすべきことをやるしかない。期待してくれているユーザーのためにも、土台を作ってくれた蒼真さんのためにも」

「……凜も、がんばる……！　だから、光莉ちゃんも頑張ろ！」

凜がガッツポーズをするのに合わせて、

「だね……。みんな頑張ろっ……！」

光莉は弱々しく笑い、凜と、美月とそれぞれグータッチを交わす。

もちろん、皆、自分達が空元気を出していることは痛いほどわかっていた。


夕方六時過ぎ。打ち合わせが終わり、光莉は家路についていた。

日は沈み、空は薄闇に包まれつつあった。街路灯の白い明かりがどことなく寂しさを感じさせる。

横断歩道を渡ろうとしたところで、彼女は違和感に足を止めた。

なぜか、蒼真の家に向かっていた。今は、もう行く必要ないのに。

苦笑し、きびすを返して自分の家へと歩き出す。

そのとき、スマホが震えた。

何気なくその画面を見て、彼女は再び足を止めた。

そして、口をわななかせてつぶやく。

「そんな……、ことって……」

直後、彼女は走り出した。自分の家に向かってではない。

駅に向かって。

＊

電車の中で、蒼真のスマホが震えた。

彼女からの返信メールだった。

画面を見て、思わず息を呑む。そこには、「会って話したい」という言葉と、待ち合わせ時間、それに場所が書かれていた。

指定された時刻は午後七時。あと十分ほどだ。そして、電車はあと五分で駅に着く。

扉が開くと、蒼真は急いでホームに降り、改札の外へ出る。

向かう先は、駅前のビルの二階に入っている、ファミレス。

お好きなお席にどうぞ、という店員の声に、店の奥へ足を踏み入れる。

この時間の店内はいつもより混んでいる。

彼女の姿を探しながら、ふと、そういえば、あのとき、彼女と会ったときも、空いている席を探してこんな風に店内を歩いていたよな、ということを思い出す。

障害対応のために、空いているテーブルを探していたあのとき。

半ば無理矢理、相席にさせられて、そこで彼女といろいろ話したことがきっかけで、蒼真の身の回りのことが勢いよく変わっていって……。

と、突然、左腕がぐいと引っ張られた。

「あのっ！　おにーさん、おにーさんってば！」

横を向くと、そこには、ウェーブのかかった黄金色の長い髪を背中に流し、耳にマリンブルーのピアスをした女子学生が笑顔で立っていた。

「席、取っておいたよ……！」

二人がけのテーブル席に、彼女の鞄が置かれていた。

胸がつまって、言葉にならない。

そして光莉は、首を微かに傾げると、長い髪を揺らし、にっ、と八重歯を覗かせて、蒼真に精一杯の笑顔を向けた。

「そーまさん、お帰りなさいっ！！！」

了

あとがき

　こんにちは、水沢(みずさわ)あきとです。本作『かつてゲームクリエイターを目指してた俺、会社を辞めてギャルＪＫの社畜になる。』をお手にとっていただきありがとうございます。

　実は、水沢として、電撃文庫での刊行は十四年ぶりになります。その間、姉妹レーベルのメディアワークス文庫を中心に書いてきたのですが、この度、どうしてもギャルＪＫと年上サラリーマンの二人が紡(つむ)ぐ青春物語が書きたくなり、担当編集様に相談したところ、電撃文庫レーベルで刊行させていただくことになりました。八重歯がチャームポイントの、陽キャなギャルＪＫ神絵師・光莉と、ちょっと生き方に迷っている社畜・蒼真の物語を楽しんでいただければ幸いです。

　続いて謝辞です。

　今回、ゲームアプリの制作現場について取材に応じてくださった、エンジニアのma-to様。現場のお話を伺っているうちに、沢山のアイデアを思いつくことが出来ました。ありがとうございました。なお、作中に記述したシステム構成やプロジェクト進行方法等については、水沢の創作部分があり、実際のものとは異なります。また、技術的内容に誤りがあった場合は、全て水沢一人の責によるものです。

カバーイラストならびに挿画を手がけてくださった、トモゼロ様。はじめて光莉のキャラデザインを拝見したとき、その可愛(かわい)さに思わずガッツポーズが出てしまいました。こんな子と一緒に青春を送りたかった……！　そして、美月や凜、蒼真たちのデザインについても、よりキャラが魅力的になるように、様々な工夫をこらしていただき、大変感謝しております！

担当編集の吉岡(よしおか)様、山口(やまぐち)様。引き続きコロナ禍(か)での進行となりましたが、諸々(もろもろ)、細かいお気遣いとご助言をいただき、より良(よ)い作品に仕上げることが出来ました。引き続きご指導のほどお願い申し上げます。

そして、電撃メディアワークス編集部の皆様、刊行に関わってくださった関係者の皆様にお礼申し上げます。

最後に、本作を読んでくださった皆様に最大限の感謝を。またお会いしましょう。

二〇二三年五月　水沢あきと

◉水沢あきと著作リスト

「かつてゲームクリエイターを目指してた俺、会社を辞めてギャルＪＫの社畜になる。」（電撃文庫）

本書に対するご意見、ご感想をお寄せください。

ファンレターあて先
〒102-8177　東京都千代田区富士見2-13-3
電撃文庫編集部
「水沢あきと先生」係
「トモゼロ先生」係

本書は書き下ろしです。

電撃文庫

かつてゲームクリエイターを目指してた俺、会社を辞めてギャルJKの社畜になる。

水沢あきと

2023年7月10日　初版発行

発行者　山下直久
発行　株式会社KADOKAWA
〒102-8177　東京都千代田区富士見2-13-3
0570-002-301（ナビダイヤル）
装丁者　荻窪裕司（META＋MANIERA）
印刷　株式会社暁印刷
製本　株式会社暁印刷

ISBN978-4-04-915065-0　C0193　Printed in Japan

電撃文庫　https://dengekibunko.jp/

電撃文庫創刊に際して

文庫は、我が国にとどまらず、世界の書籍の流れのなかで〝小さな巨人〟としての地位を築いてきた。古今東西の名著を、廉価で手に入りやすい形で提供してきたからこそ、人は文庫を自分の師として、また青春の想い出として、語りついできたのである。

その源を、文化的にはドイツのレクラム文庫に求めるにせよ、規模の上でイギリスのペンギンブックスに求めるにせよ、いま文庫は知識人の層の多様化に従って、ますますその意義を大きくしていると言ってよい。

文庫出版の意味するものは、激動の現代のみならず将来にわたって、大きくなることはあっても、小さくなることはないだろう。

「電撃文庫」は、そのように多様化した対象に応え、歴史に耐えうる作品を収録するのはもちろん、新しい世紀を迎えるにあたって、既成の枠をこえる新鮮で強烈なアイ・オープナーたりたい。

その特異さ故に、この存在は、かつて文庫がはじめて出版世界に登場したときと、同じ戸惑いを読書人に与えるかもしれない。

しかし、〈Changing Times,Changing Publishing〉時代は変わって、出版も変わる。時を重ねるなかで、精神の糧として、心の一隅を占めるものとして、次なる文化の担い手の若者たちに確かな評価を得られると信じて、ここに「電撃文庫」を出版する。

1993年6月10日
角川歴彦